EXPOSITION UNIVERSELLE DES BEAUX-ARTS

LE

SALON DE 1855

APPRÉCIÉ A SA JUSTE VALEUR

pour UN franc

PAR

J. DE LA ROCHENOIRE

Peintre d'Histoire, Membre de l'Association des Artistes Peintres,
Rédacteur de plusieurs Journaux, Revues, etc., etc.

AUTEUR

DE LA PEINTURE APPRISE SEUL AVEC SEPT COULEURS.

Il y a trois classes de Peintres : les rétrogrades
les stationnaires, les progressifs.

PREMIÈRE PARTIE

PARIS

MARTINON, LIBRAIRE-ÉDITEUR,

RUE DE GRENELLE SAINT-HONORÉ, 14.

ET CHEZ TOUS LES LIBRAIRES DE LA FRANCE ET DE L'ÉTRANGER.

1855

NOMS DES ARTISTES MENTIONNÉS DANS CET OUVRAGE.

MM.

Eugène Delacroix
Ingres.
Robert Fleury
Horace Vernet.
Decamps.
Diaz.
Léon Cogniet.
Abel de Pujol.
Heim.
Meissonnier.
T. Rousseau.
Corot.
Français.
Gudin.
Isabey.
Dauzats.
Troyon.
R. Bonheur.
Bracassat.
H. Flandrin.
A. Duval.
H. Lehmann
Signol.
Chassériau.
Riesener.
Court.
Couture.
Yvon.
Muller.
Gérome.
Haumon.
Toulmouche
Picou.
Cibot.
P. Flandrin.
Lambinet.
Achard.
Aligny.
Anastasi.
Daubigny.
Chintreuil.
Ciceri.
Cabanel.
Chenavard.
L. Boulanger.
Boissard.
Benouville.
Cambon.
Jalabert.
Glaize.
Landelle.
E. Lainé.
Fichel.
Accard.
Steinhel.
Leman.
Jourdan.
Picard.
Schlesinger.
Caraud.
Gourlier.
Breton.
Jadin.
Rousseau.
Palizzi.
Couturier.
Melin.
Loubon.
Busson.
Breton.
Esbrat.
Morel Fatio.
Barry.
Garneray.
Jongkind.
Le Poitevin.
Berthelemy.
Ziem.
Lépaulle.

MM.

De Rudder.
Schnetz.
Tabar.
Timbal.
Tinthoin.
Ulmann.
Vinchon.
Barrias.
Antigna.
Clère.
Bonnegrace.
Coignard.
Mouginot.
Salmou.
Bisson.
Roux.
Roqueplan.
Baron.
Louis Duveau.
Penguilly-l'Haridon.
Luminais.
Guillemin.
H. Bellenger
Sorieul.
A. Dedreux.
Ginain.
J. Gigoux.
Larivière.
Lazerges
Lecomte.
R. Lehman.
Lenepveu.
Jeanron.
A. Leleux.
L. Lescuyer.
Fiers
De Lafage.
Huet.
Lapierre.
L'Huillier
Villevielle.
Lapito.
Lavieille.
Legrip.
Fortin.
Hédouin.
Gluck.
Faivre.
Desmarest.
Grunn.
Herbstoffer.
Hillemacher.
Vetten.
O. Tassaert.
Chavet.
Courbet.
Fauvelet.
Aze.
Comte.
E. Frère.
Millet.
Pezous.
Plassan.
Besson.
Monfallet.
Nanteuil.
Marchal.
Garaud.
Galbrund.
Browne.
Trayer.
Beaumont.
Bonvin.
Poussin.
Boullard.
Yan Dargent.
Dubasty.
Desjobert.
Leroux.

MM.

Nazon.
Justin Ouvrié.
De Tournemine.
De Varenne.
Legentile.
Brissot.
Harpignies.
Dehodencq.
Dubuffe.

ANGLAIS.

Grant.
Leslie.
Landseer.
Frith.
Glass.
Patton.
Knight.
Hook
Goodal.
Philipp.
Mulready.
Redgrave.
Ward.
Cook.
Hollins.
Holland.
Gordon.
Webster.
Magnee.
Hurlstone.
Hayter.
Pikersgill.
Eastlake.
Poole.
Dice.
Stanfield.
Uwins.
Ellmore.
Robert.
Maclise.
Cooper.
Crenwick.

SCULPTEURS.

Guillaume.
Pollet.
Lequesne.
Dantan aîné,
Cavelier.
Debay père.
Barye
Maindron
Gayrard père.
Gayrard fils.
Rude.
Chatrousse.
Chenillon.
Courtet.
Delabrière.
Droz.
Foyatier.
Dumont.
Fremiet.
Jouffroy.
Garraud.
Lechesne, de Caen.
Prouha.
Dantan jeune.
Pons.
Le marquis Torquato.
Della Torre.
Mène.
Marcellin.

MM.

Leharivel.
Lefebvre-Deumier.
Oliva.
Rochet.
Ottin.
Pautard.
Moignez.
Iselin.
Hebert.
Gumery.
Grootaers.
Félon.
Falconnier.
Etex.
Duseigneur.
Duret.
Durand.
Cain.
Buhot.
Bonnassieux.
J. Bonheur.
Badiou de Tronchère.

GRAVEURS, ARCHITECTES

Calamatta.
Henriquel-Dupont.
Pollet.
Damour.
Jazet.
Lavieille.
Martinet.
Anastasi.
Mouilleron.
Nanteuil
Noël.
Leroux
Viollet-Leduc.
Frappaz.
Labrouste.
Lassus.
Caristie.
A. Dauvergne.
Lefuel.
Hittorf.

BELGES.

Willems.
Hamman.
A. Stevens.
J. Stevens.
Madou.
Verlat.
Verboeckoven
T'schaggeny.
Paternostre.
Coulon.
De Block.
De Keyser.
De Brackaer.
Delfosse.
Leys.
Dyckmans.
Besboom.
Mathysen.
Van Moer.
Van Hove Hubert.
Aubin.
V. Eekhout.
J. Eekhout.
Linnig.
De Kniff.
De Vinter.
Fourmois.
Lamorinière.
Thomas.
Portaels.

SOUS PRESSE, DU MÊME AUTEUR.

APPRIS SEUL
POUR **UN** FRANC.

> **L'Anatomie, 2ᵉ partie du Dessin appris seul.**
> **Le Paysage et l'Ornement (2ᵉ partie).**
> **L'Aquarelle (2ᵉ partie). Étude de la figure.**
> **Le Pastel (2ᵉ partie).**

EN VENTE, DU MÊME AUTEUR.

APPRIS SEUL
POUR **UN** FRANC.

> **Le Dessin.**
> **Le Paysage et l'Ornement.**
> **Le Pastel.**
> **L'Aquarelle.**
> **Dialogues entre les morts, ouvrage orné du portrait de l'auteur.**
> **La Peinture à l'huile (1ʳᵉ et 2ᵉ parties).**

N. B. Nous informons nos lecteurs que nous avons sous presse, pour paraître prochainement, un ouvrage nouveau de M. J. de la Rochenoire

La Confession d'un Peintre.

Il sera annoncé dans les journaux et paraîtra par livraisons.

LE
SALON DE 1855

APPRÉCIÉ A SA JUSTE VALEUR

pour UN franc

PAR

J. DE LA ROCHENOIRE

Peintre d'Histoire, Membre de l'Association des Artistes Peintres,
Rédacteur de plusieurs Journaux, Revues, etc, etc.

AUTEUR

DE LA PEINTURE APPRISE SEUL AVEC SEPT COULEURS.

Il y a trois classes de Peintres : les rétrogrades,
les stationnaires, les progressifs.

PREMIÈRE PARTIE

PARIS

MARTINON, LIBRAIRE-ÉDITEUR,
RUE DE GRENELLE-SAINT-HONORÉ, 14
ET CHEZ TOUS LES LIBRAIRES DE LA FRANCE ET DE L'ÉTRANGER.

1855

TABLE

A TOUS.

Salut, Maîtres !

Les artistes de la Renaissance avaient un public de Rois ; les peuples, cette fois, sont conviés à la grande fête qui se donne aux Champs-Élysées !

C'est, patronné par l'Empereur Napoléon III, à la haute bienveillance de S. M. l'impératrice Eugénie, sous le règne du monarque puissant qui terrasse le colosse du nord ; qui, par sa seule volonté, peuple la France et Paris de monuments dignes du siècle de Périclès, que va nous apparaître le gala artistique auquel toutes les illustrations de l'univers ont été conviées. Salut donc à vous tous, maîtres !

J'aurais pu, comme il est d'usage, invoquer un nom sympathique et lui dédier mon Salon. — A quoi bon entraver mon jugement et m'assujettir à une férule, quoique légère, encore trop lourde... L'art veut la liberté ; et si je dois invoquer les mânes d'un mort illustre, ou ceux d'un vivant à la veille de l'être, à tout prendre, j'aime autant me placer sous la protection de ses grands prêtres : Michel-Ange, Rubens, André de Fiesole, Bramante, Prud'hon, Marc-Antoine, et toi, naïf et illustre Bernard Palissy, c'est à vous que je dédie mon opuscule.

PROMENADE A LA DAUMONT.

Il ne serait pas trop, pour écrire sur le Salon, de l'esprit de Voltaire, de la verve de Diderot et de la bonhomie de Toppfer. Quel est l'écrivain qui pourra jamais réunir ces brillantes qualités, surtout en considérant les modifications sans cesse renouvelées à travers les siècles.

L'art n'étant que convention, la pensée humaine doit suivre ses phases et ses progrès.

La Vénus de Médicis, acceptée jadis comme le chef-d'œuvre de la sculpture féminine antique, n'a-t-elle pas vu se terminer son règne quand la Vénus de Milo sortit des entrailles de la terre pour lui donner un démenti, et donner raison à ce proverbe : *On trouve toujours plus beau que soi.* Que dire alors? que la volonté invisible de Dieu est pour le progrès.

Oui, avant cette fameuse découverte, on ne jurait que par Médicis; les lois de la plastique dominaient en vertu de ses proportions; leurs bases servaient de règle; et, comme pour l'unité d'Aristote, était bafoué quiconque ne s'y soumettait pas. Mais le Destin l'a renversée de son piédestal : et resplendissante de beauté et de noblesse, l'œil ardent et la bouche animée comme si elle venait redemander sa royauté, la *Vénus victrix,* la Vénus de Milo, est sortie de son sépulcre, est ressuscitée d'entre les morts après deux mille années d'ensevelissement. La destinée des œuvres d'art subit la volonté de Dieu, de même que celle des peuples.

Devant ce nouveau chef-d'œuvre, créé et compris avec enthousiasme, s'écroule un échafaudage de règles et de principes établis sous l'ancien. Cette statue, où la volupté et la grâce n'excluent pas la force, a bien dérouté les amateurs de l'antiquité et surprendrait bien tous les écrivains des siècles passés, qui ont épuisé toutes leurs louanges et brûlé leur encens aux pieds de la Vénus de Médicis. Nous ne serions pas surpris, tout en les plaignant sincèrement, que les Canova, les Thornwaldsen, les Coustou, etc., et même les Pradier, enfin tous les sculpteurs de la décadence aient, comme principal défaut, ce manque d'ampleur que l'on trouve dans leurs œuvres.

S'ils avaient saisi cependant la grandeur et la majesté de la Vénus de Milo ; s'ils avaient compris, dans *cette femme sans bras,* le style et la mâle sévérité de ses formes féminines, l'amour que respire ce beau sein, ils auraient, le marteau d'une main et la foi dans le cœur, démoli à coups redoublés ces statues courtisanes qu'ils laissaient à la postérité! Je le répète, si jamais le souffle divin animait la Vénus de Milo, elle commanderait aux hommes, non par l'ascendant de son sexe, mais par sa perfection même.

Il en est malheureusement ainsi pour la peinture, l'architecture et la gravure : partout du gracieux, du léché, sans le moindre souci de conception ni de sens poétique ; cela est si vrai que les grands maîtres de l'école italienne, le Buonarrotti en tête, deviennent de jour en jour un épouvantail pour le public, et que l'artiste à la mode, effrayé de se modeler sur de pareils monstres, évite, ainsi que l'amateur timide, leurs beautés, leur faire et leurs formes, comme des excentricités hors nature, des monstres qui ne sont pas de vente, des parias de la civilisation actuelle.

D'où je conclus en suivant cet axiome :

« Que la difficulté d'une critique se fondant sur la valeur artistique des œuvres »

Il ne me sera pas difficile, dis-je, d'en sortir, puisque je n'aurai qu'à comparer les écoles entre elles, sans me soucier aucunement de l'antiquité.

INTRODUCTION

Diderot, dans un de ses salons, dit : « Je me trompe fort, ou l'école française, la seule qui subsiste aujourd'hui, est encore loin de son déclin. Rassemblez si vous pouvez tous les ouvrages des peintres et des statuaires de l'Europe, et vous n'en formerez pas notre salon ». Diderot écrivait cette phrase en 1765, il y a presque un siècle, et il ne pensait pas prophétiser. Nous voilà en présence de toutes les écoles du monde entier, et sans être taxé de partialité, nous pouvons répéter la phrase du philosophe français : « Rassemblez, si vous pouvez, tous les ouvrages des peintres et des statuaires de l'Europe, et vous n'en formerez pas notre Salon ! »

Au moment, cependant, où toutes les trompettes de la renommée vont sonner leurs plus belles fanfares en l'honneur des célébrités, plus ou moins célèbres, du monde entier ; où les savants et les artistes de haut parage vont être encensés comme des demi-dieux, il serait plaisant de rappeler au public l'ancienne tradition passée d'Égypte en Grèce et parvenue jusqu'à nous :

Qu'un dieu ennemi du repos des hommes était l'inventeur des sciences et des arts. »

Que, par exemple, l'astronomie est née de la superstition ; l'éloquence, de l'ambition, de la haine, de la flatterie et du mensonge ; la géométrie, le calcul, de l'avarice ; la physique, d'une vaine curiosité ; et la peinture et la sculpture, de l'idolâtrie.

Que si l'on rencontre quelques hommes de talent dont l'âme se refuse à flatter tous ces vices ; dont le cœur soit assez pur pour ne pas s'avilir et dédaigne d'abaisser son pinceau à la reproduction éphémère des goûts du jour, la mansarde, le grabat, s'ils sont encore heureux de les trouver ; l'indigence et l'oubli ne leur manqueront pas, si un monarque bon, généreux et éclairé ne vient promptement à leur secours. Que n'est-ce ici un pronostic que je fais et non une expérience que je rapporte ! L'abîme est béant pour tous, même pour vous, ô grands favoris de la fortune et de la gloire : Eugène Delacroix, Ingres, Cornélius, Owerbeck ! le moment est toujours proche où, comme vos glorieux prédécesseurs Torquato Tasso, Galilée, Homère, et tous nos demi-dieux, la fortune ve-

nant à vous manquer, vos pinceaux seraient à peine dignes de décorer les boudoirs de nos Aspasies, et finiraient
par se prostituer au genre faux et mesquin d'un bour-
sier enrichi.... Les Thornwaldsen, les Clesinger, les
Préault, dont l'ébauchoir crée des divinités capables à nos
yeux d'excuser notre idolâtrie, seraient réduits, sans les
encouragements dont les empereurs et les rois ne cessent
de les combler, à pétrir ces indignes statuettes popu-
laires qui blessent sans cesse notre vue et abâtardissent
le goût général.

La France, avant la renaissance, plongée dans la plus
affreuse barbarie et dominée par la superstition, ne devait sortir de ce marasme qu'à la voix de François Ier.
Pendant que l'antiquité renaissait en Italie, que les artistes géants se faisaient eux-mêmes antiques, nous étions
livrés corps et âme aux enluminures gothiques. La vieille
Allemagne, de laquelle nous procédions, tendait elle-
même à s'émanciper à la voix d'Albert Durer, et son
école allait aussi enfanter une pléiade d'artistes célèbres.
L'école hollandaise et flamande, Rubens et Rembrandt à
leur tête, allaient bientôt prendre place au premier rang.
Nous étions donc les seuls restés dans l'ornière quand, à
la voix du grand magicien, du roi chevalier, une pléiade
de peintres, sculpteurs et graveurs italiens s'abattent en
France et viennent donner à l'art une impulsion nouvelle. Je ne sais si le monarque eut raison de forcer le
goût national; mais ce que l'expérience nous prouve aujourd'hui, c'est que la tendance italienne, au lieu de
grandir et d'épurer le goût en France, ne fit que le ma-
niérer, l'amoindrir et le dénaturer.

A peine deux siècles sont-ils écoulés que cette pression, que l'école italienne nous faisait subir, se trouve rompue et que Lesueur, Poussin, Pujet, etc., viennent avec audace se poser en maîtres et planter les jalons qui doivent encore nous guider. Voilà nos dieux trouvés, les prophètes de notre art national, et non les bâtards, nés de France et d'Italie, que les Médicis avaient voulu nous imposer.

Il était utile, je crois, avant d'en arriver à notre critique artistique de l'Exposition universelle, il était de notre devoir, dis-je, pour que le lecteur pût nous comprendre, et nous savons maintenant qu'il est assez de nos amis pour suivre nos conseils, de lui donner un aperçu général des tendances et du goût de l'École Française depuis sa fondation jusqu'au 1er mai de l'année 1855 : c'est ce que nous ferons rapidement.

Louis XIV mort; Lesueur, Poussin et les grandes traditions ensevelies avec lui, même son grand metteur en scène le célèbre Lebrun, grand maître de la décadence de l'art en France, disparu, la sculpture seule semble vouloir encore suivre la bonne route, et encore finit-elle à la fin par dégénérer en minauderies. Vient ensuite le 18e siècle; il conserve encore son caractère particulier, tout dominé qu'il est par un goût faux et maniéré : la mode règne en souveraine, et peut-être, avec un peu de franchise, trouverions-nous dans l'Exposition actuelle une tendance vers ce maniéré.

Puis, traitant comme un remords le souvenir des Poussin et des Lesueur, Jouvenet, emporté par sa fougue, sacrifie à la brosse et commence à dédaigner la pensée. Lemoine cherche bien encore la couleur; le gracieux et brillant Watteau seul l'obtient, mais toujours au détriment de la grandeur, de la conception et de la science. Bientôt après la décadence arrive; le faire et l'adresse vont régner en despostes et aucun frein ne pourra arrêter l'art dans sa chute. C'est un débordement à effrayer un sage. Les Vanloo, les Pierre, les Restout, je prends note de ce peintre à propos de M. Couture, les Subleyras et tous les faiseurs, le gracieux et fade Boucher en tête, viennent se prostituer sur l'autel du veau d'or, se vautrent avec volupté dans la convention, et se contentent, pour éterniser leur nom, d'orner de peintures lascives la petite maison de l'opulant financier et le boudoir de la courtisane à la mode.

Il en était ainsi quand les réalistes, préparant la rénovation de l'art en France, commencèrent, par une étude constante de la nature, à la sortir de la fange : car les arts éprouvent des révolutions comme les empires, et passent de l'enfance à la barbarie.

Quoique l'époque Louis XV soit désastreuse dans ses effets, elle put, à son déclin, reconquérir une force qui devait préparer sa résurrection.

Les réalistes, ai-je dit, se montrèrent. Diderot ne jure plus que par Chardin et Greuze; Vernet ressuscite Claude Lorrain; et si l'enthousiasme de *notre critique* est un peu exagéré, ces artistes n'en donnent pas moins à l'art un nouveau point d'appui : Son invocation à Chardin : « *Vous revoilà donc grand magicien, avec vos compositions muettes! Qu'elles parlent éloquemment! Quelle différence y a-t-il entre le créateur et toi!* a un parfum de prophétie. Oui, avec ce grand magicien va naître l'école réaliste; car Greuze, y joignant son sentiment profond, ils vont ensemble, dis-je, libres de toute entrave, préparer une nouvelle voie à l'école française.

Mais l'avenir comptait sans David. Vien, son maître, et Boucher, son camarade, ne se doutent guère de la puissance de l'austère républicain.

L'ère brillante qui s'ouvrait, la régénération des peuples, devaient avoir une grande influence sur les arts. La Révolution française qui allait amener les hauts faits de Bonaparte va ouvrir une carrière brillante à nos statuaires. Les victoires de notre César en Égypte, la bravoure de ses capitaines, fourniront un vaste champ à tous.

La France, régénérée par la dynastie Napoléonienne, conviait, comme elle le fait aujourd'hui, tous les peuples de l'Europe à l'admiration des chefs-d'œuvre de l'Univers, conquis par nos armées et leur vaillant capitaine. La place de David était marquée ; jamais meilleure époque pour la rénovation de l'art ne pouvait se rencontrer ; son génie et Dieu aidant, il sait en profiter. Élève de Vien, pensionnaire de Rome, imbu des vrais principes de l'antiquité, lui seul était capable de suivre *l'aigle* sur les monts escarpés des Alpes et de la gloire. *Bonaparte au Saint-Bernard*, sauvé d'un cataclysme universel, ne représente-t-il pas à lui seul l'épopée impériale !

David, maître des bonnes traditions, se trouve promptement entouré de nombreux élèves ; de ce nombre est Gros, nature puissante et originale ; il trouve que le *sculpteur* David n'est pas assez peintre, et avec l'audace d'un homme de génie il anime les statues ciselées par son maître. Il dédaigne l'afféterie de Guérin et l'anti-Michel-Angelesque de Girodet, pour ne chercher que la fougue de Rubens. Il se pose, par la *furia* magnétique de son pinceau, le premier coloriste français.

A peine le général Bonaparte a-t-il conquis l'Égypte,
s'est-il rendu maître de l'Italie, que du pinceau de Gros
sortent la Bataille d'Aboukir et la Peste de Jaffa ! L'Empereur ne se fatigue pas plus de victoires que l'artiste
de chefs-d'œuvre ? César et tous les conquérants pâlissent
devant le capitaine, les plus grands coloristes s'inclinent
devant le peintre. La France se réveille victorieuse au
bruit des armes, et l'école française se proclame la première au nom de Gros.

Cependant, à l'ombre de toutes ces gloires vivait un
peintre-poète qui ne devait pas rester longtemps ignoré à
l'œil du maître. Le génie universel de l'empereur décou-
vrait Prud'hon, le Corrège français ; car si Gros brillait
par la fougue et l'audace, le poétique Prud'hon devait
trouver de nouveaux horizons.

A sa venue, l'art se transforme en France, non pas
d'une manière sensible pour l'époque, mais devant in-
fluer sur les temps à venir. Avec Prud'hon une nouvelle
voie s'ouvre, et Géricault, modifiant un peu la manière de
Gros, il arrivera que le peintre du Zéphir et l'auteur de la
Méduse serviront de transition entre l'empire et l'école
romantique de 1830. Nous passerons sous silence, bien
entendu, les Droling, etc., enfin, tous les peintres inca-
pables de faire mauvais, et par conséquent dans l'impossibilité de créer des chefs-d'œuvre, pour arriver à
toute vapeur à l'école soi-disant rénovatrice.

Géricault et Prud'hon servant de pierre fondamentale
à l'époque actuelle, si M. Ingres se trouve éloigné de ces
deux individualités, c'est que pour lui, élève aussi de
David, l'art devait suivre une autre route. Nous verrons
s'il a suivi la bonne. Pour M. E. Delacroix, nous prouve-

rons que s'il s'est inspiré de Gros et de Géricault, il est resté le peintre le plus *complet* de l'école française.

Oui, nous le répétons, pour nous, l'ère des hommes de génie à tant la réclame, le règne personnifié de la camaraderie, l'abus de la coterie, sont loin d'avoir l'importance que tous les frères prêcheurs veulent bien lui donner. Mais la vérité se fera bientôt jour, la farce sera dévoilée, et de toutes ces célébrités à 40,000 fr. le mètre carré, il ne restera plus que la valeur intrinsèque de l'œuvre. O désolation de la désolation; amateurs trop confiants, quel retour des vanités de ce monde ! De quarante billets de banque que vous croirez palper et contempler à l'aise, il ne vous restera plus que le souvenir d'un bonheur perdu, que l'amertume d'une illusion détruite !

Enfin, c'est une belle lutte que celle à laquelle nous sommes conviés ; car ce n'est plus par l'épée que nous allons vaincre, mais par l'intelligence ; tâchons de rester à la hauteur de notre tâche et disons loyalement, comme du temps de Diderot, l'Angleterre, les Flandres, l'Allemagne et toute l'Europe artiste, reconnaîtront la suprématie de la France.

PLAINTES ET SOUPIRS.

Quand on songe, bon public, qu'il n'y a qu'un pas de
l'atelier à la morgue, on est effrayé en pensant que les
artistes sont le jouet de tes caprices! Les préjugés d'é-
cole, la tyrannie des maîtres, le joug académique sont
de rudes adversaires, il est vrai, mais qui s'effacent devant ton despotisme.— Il faut te plaire à tout prix. Cette
fois, cependant, tu courberas la tête devant le jury, car,
sans t'offenser, bon public, on trouve toujours son maître.

Que de plaintes et soupirs depuis quinze jours parmi
la gent artistique. Que je suis donc curieux de juger par
moi-même de cette razia; ou plutôt, de contempler à
l'aise tous les divins chefs-d'œuvre admis! Car je te le
confie, cher public, à toi qui me lis, qui m'aime sans me

connaître, parce que toute vérité est sympathique ; je vous l'avoue, à vous, chers élèves, qui m'avez compris au point de m'enlever 10,000 brochures en 15 mois, je n'ai pas encore, au moment où je vous écris, vu même l'emplacement du Palais qui doit contenir tant d'œuvres superlatives. Je sais que vous allez me demander mes confidences sur les tableaux que j'y ai envoyés, car vous êtes heureux d'aller étudier les œuvres de votre maître bien aimé…. Eh bien, vous serez désappointés, car, dans la crainte d'être refusé et un peu aussi pour m'économiser le port, je n'ai rien envoyé. Vous allez vous dire, j'en suis persuadé, que si j'avais eu une salle ou un pan de mur, comme les gros bonnets privilégiés, je l'eusse remplie comme un autre… Non, mes œuvres ni mon âge ne me le permettaient pas ; et comme je n'ai jamais eu occasion de faire un tableau de soixante-dix pieds de long, j'ai supposé que je passerais inaperçu et me suis abstenu. Vous serez donc privés, chers élèves, de la vue de mes œuvres, mais, en revanche ; vous grossirez d'une brochure de plus votre *bibliothèque d'atelier*.

Il y a donc eu beaucoup d'appelés et peu d'élus ! Il devait en être ainsi avec tant de demandes et si peu d'espace. Pourquoi alors le comité s'est-il évertué à demander toutes les œuvres faites et à faire….. Il me paraissait plus simple, puisqu'on voulait faire un choix sérieux des œuvres présentées, de n'admettre de chaque artiste qu'un tableau, une statue, etc., enfin, son chef-d'œuvre. — On eût évité bien des mécomptes et en vérité on eût été plus juste. — Car est-il possible qu'un jury, même rempli de loyauté ; qu'une réunion d'hommes, fussent-ils des demi-dieux ou des académiciens, puissent juger

de la valeur artistique de douze mille objets d'art dans
un délai de huit jours, réduits à 6 heures de travail par
jour?.... Non, cela est impossible! Et, cependant, cela
est arrivé!

Consolez-vous, chers artistes, parias d'un moment;
que les poignantes tortures de vos âmes ne vous acca-
blent point; la résurrection vous attend, l'avenir est à
vous, les siècles vous jugeront! Les artistes de la Renaissance furent-ils jamais sous le joug académique? J'en
doute. — Michel-Ange aux prises avec un jury quelcon-
que? Cela serait curieux. — Le jury infaillible... Michel-
Ange refusé... Qu'en conclure?.... *That is the question.*
Comme c'est une question archi-usée, chacun peut la
résoudre; pour moi, qui ne veux pas y voir plus loin que
mon nez, je trouve comme le docteur Pangloss que
tout est pour le mieux dans le meilleur des jurys possi-
bles.

Notre brochure n'étant point un livre de scandale nous
éviterons, comme nous l'avons fait jusqu'à ce jour, toute
personnalité. — L'œuvre nous occupera et non l'homme,
car l'un passe et l'autre restera; et la coterie d'école ni
la camaraderie n'auront aucune influence sur notre jugement. Donc, que les élus se réjouissent en attendant que
les vaincus prennent leur revanche, car je vous le dis:
Les premiers seront les derniers.

O mânes des Droling, des Forbin, des Blondel, etc.,
etc., etc.; ô grands hommes d'une époque oubliée,
que la postérité vous soit légère! O génies, — de l'académie bien entendu, — qui avez jugé infailliblement,
qui avez été dispensateurs de la gloire, qui avez octroyé
avaricieusement le pied carré du salon à chacun de vos

inférieurs, où sont vos œuvres?... La postérité a déjà jeté un voile sur les plafonds devant lesquels vos contemporains se pâmaient, et les quais seront bientôt encombrés de vos chefs-d'œuvre : Et vous aussi, vous étiez infaillibles... Quelle leçon !

Le Salon universel de l'année 1855 contient les représentants de toutes les écoles.

MM. Landseer, Ward, Leslie, Grant, etc., se trouvent mener l'école anglaise. Nous les connaissons depuis longtemps par la gravure; leur peinture ne nous sourit pas autant, quoique ayant des qualités; une sécheresse d'exécution, un coloris faux et conventionnel, voilà l'ensemble de son caractère. Ce sont des graveurs par excellence, mais non des peintres parfaits !

L'école allemande, elle, est toute raphaëlesque, italienne, gothique, mais rien de plus. Elle suit ses chefs de file, Owerbeck, Cornélius, Kaulbach et s'en tient là.

Viennent les Flandres, qui veulent à toute force suivre l'impulsion française; elles voudraient bien ressusciter Rubens et Rembrandt, mais elles s'en tiennent au désir.

Je ne vois pas, dans les écoles étrangères, autre chose.

Reste la nôtre; c'est une autre affaire : MM. Ingres et E. Delacroix sont les dignes chefs du mouvement historique en France, et eux seuls règnent sans partage.

J'entends la trompette californienne me crier : et Paul Delaroche, absent... et H. Vernet, et Ari Scheffer, aussi absents, etc., etc., etc. Arrêtons-nous, nous les classerons à leur place. Il pourrait bien en être d'eux comme des étoiles filantes, elles nous éblouissent pour disparaître un instant après.

Dans la peinture de genre nous avons des noms sympathiques : MM. Meissonnier, Decamps, Roqueplan, et même *l'éblouissant* M. Diaz, viendront tenir leur rang.

Le paysage. — Qu'en dire de celui-là si le hasard me fait lire par mes arrière-neveux? ouais! par la sambleu, j'en suis effrayé. C'est M. Rousseau qui m'éblouit, mais il me charme. M. Corot pourrait bien me faire traiter de bédole dans cinquante ans, si j'en dis ce que je pense; et si Paul Potter m'attrappe, il pourra bien me demander compte de mes aperçus sur M. Troyon et Mlle Rosa Bonheur. Enfin, je passerai par tout ce que la postérité voudra, et je dirai que si l'ensemble de l'École française n'a pas tout le génie désirable, elle a autant d'esprit qu'on en peut avoir.

Les écoles classées, voilà notre profession de foi :

La pensée avant l'exécution, la conviction précédant le faire.

Après une telle profession de foi que trouverons-nous hors ligne?... Qu'aurons-nous à louanger?... Quel troupeau de *pasticheurs* allons-nous avoir à faire rentrer au bercail! — Que de portraits sans individualité, sans caractère personnel, où l'âme de l'un se confond avec l'expression de son voisin!... Quelle absence de foi!... comme la religion de l'art s'efface! Oui, tout cela est vrai, et, à quelques exceptions bien rares, l'art ne se trouve pas avenue Montaigne! Où est-il?... Dans la recherche incessante de la *vérité idéale*.

LES CHEFS D'ÉCOLE

Comment trouver, dans ce labyrinthe le diamant pur et sans tache, l'œuvre qui doit marquer la valeur artistique de notre époque, le chef-d'œuvre destiné à immortaliser notre siècle. Michel-Ange et Titien personnifient la Renaissance dont Poussin et Rubens vont être les derniers représentants. Lebrun caractérisera le *grand siècle* de Louis XIV et Boucher perpétuera les *ruelles* de Louis XV. David, le régénérateur et le maître de l'école du XIXe siècle restera-t-il seul debout? Fera-t-on un auto-da-fé de cette avalanche d'œuvres que le salon universel nous offre? Ces mille et mille chefs-d'œuvre, exhumés des cathédrales, des musées, des catacombes artistiques dont nous allons vous rendre compte, doivent-ils périr?... Suivant nous, bien peu survivront à l'examen des siècles.

Dans cette grande mêlée, les *ingristes*, puisqu'il faut un drapeau, provoquent hardiment les coloristes! Les chances vont être égales. M. Eugène Delacroix, seul sur la brèche depuis trente ans, va se trouver assez fort pour soutenir vigoureusement le choc. M. Decamps, le vigoureux et lumineux coloriste, tour à tour paysagiste, peintre d'histoire, de genre, et le seul, avec M. E. Delacroix capable d'engager une mêlée, en restant isolé, marque sa place dans le xixᵉ siècle. MM. Meissonnier et R. Fleury, suivis d'une pléiade d'imitateurs, se contentent, comme l'éblouissant M. Diaz, de régner et de gouverner : ils sont essentiellement Français. Les peintres d'animaux, de paysage, de genre, etc., s'avancent... A leur tête, MM. Brascassat, Troyon, Jadin et mademoiselle Rosa Bonheur rivalisent de zèle et d'ardeur; MM. Th. Rousseau, Corot, Français, *Desjobert*, Cabat, Villevielle, etc., luttent de talent; et les imitateurs de M. Meissonnier et de M. Robert Fleury, MM. Chavet, Fauvelet, Plassan, etc., MM. A. Stévens, Aze, H. Comte, etc., font ce qu'ils peuvent pour les égaler. Il ne nous reste donc plus, pour caractériser le salon actuel, qu'à citer les deux beaux portraits de M. Léon Cogniet, et le portrait de l'impératrice, par son importance officielle.

Hors cela, nous apprécions le beau talent M. T. Couture, l'habileté de peindre de MM. Muller et Yvon, l'apparence de style de M. Gérome, etc.; mais nous ne rencontrons plus de maîtres.

Dans les peintres étrangers, il y a monotonie. M. Landseer et ses gravures, Cooper, etc., représentent, pour les animaux, les peintres anglais, comme MM. J. Stevens, Eug. Verboeckoven et Verlat les Belges. Leslie, Knight, Goodall, Grant avec ses beaux portraits, sont les approvisionneurs de vignettes anglaises; et MM. Willems, Leys, Hamman, Alf. Stevens, etc., sont Français, à l'exception de M. Leys, plutôt que Belges. MM. Cook et Hollins conduisent les peintres de marine de la Grande-Bretagne, et M. Grant est à la tête de ses portraitistes; pour M. Mulready, dont on nous avait fait grand éloge, nous ne pouvons le prendre comme chef de file.

Les autres nations, à l'exception de la Prusse qui se tient au premier rang avec un portrait de Jenny Lind par M. Magnus, de celui peint par M. Richter, d'un tableau d'histoire, *Mort de Léonard de Vinci*, par M. Schrader, et de plusieurs belles marines par M. André Achenbach, n'ont pas de représentants assez sérieux pour entrer en lice. Les écoles espagnole, bavaroise, quoique avec le nom de M. Kaulbach; des États-Unis, représentée par des élèves de l'école française; de la Suisse, du Wurtemberg, de Saxe, du Pérou, des Deux-Siciles, des villes Anséatiques, de la Sardaigne, ne peuvent lutter avec nos maîtres. La Suède se soutient encore avec MM. Hockert et Kïorboe, tous deux à demi Français; mais la plus faible, on ne s'en douterait jamais, est l'ex-fameuse école florentine! La reine artistique du monde en est devenue la portière... Avenir, que nous réserves-tu?...

La grande exposition de 1855 va donc offrir une ample moisson à la critique et au public. La variété des écoles et des genres étant infinie, il nous sera indispensable de grouper les œuvres par catégories; car, entre tous ces exposants bien peu garderont leur originalité. S'il nous fallait prendre un salon, le décrire, passer à un autre et en faire autant, que de redites sur le même artiste, que d'impossibilité surgiraient! Et puis, savez-vous bien que, même pour un œil excercé, la place qu'occupe un tableau a évidemment une importance réelle sur l'œuvre... Que les deux tableaux de fantaisie de M. E. de Beaumont perdraient de leurs qualités à la place qu'ils devraient occuper. Faisons donc une auréole à chaque chef d'école, et entourons son nom des artistes qu'il guide ou qui n'ont pas la force de s'affranchir de son joug.

EUGÈNE DELACROIX.

Chose singulière ! M. Eugène Delacroix serait donc plus
grand dessinateur que M. Ingres, puisque la forme chez
l'un matérialise la nature, pendant que chez le coloriste
elle ne sert ni de moyen, ni de but. Le beau de l'art,
comme nous le répétons, n'étant ni dans la reproduction
du beau de la nature, ni dans le sentiment matériel de
la forme, M. E. Delacroix est, envers et contre tous, le

seul grand peintre-poëte du xixe siècle. Ceci va paraître paradoxal et nous fera traiter d'extravagant par les critiques qui n'ont su jusqu'à ce jour disséquer l'individualité du fougueux fantaisiste : cela n'en est pas moins vrai.

M. Eugène Delacroix, à son début, anime, avec le pinceau fougueux d'un illuminé, le poème de Dante! Virgile et le Dante passent aux enfers. Le Styx est rapide et bouillant, le cratère au loin fait irruption et embrase l'horizon; et des énergumènes, se tordant autour du seul esquif qui les rapproche de l'humanité, s'y accrochent avec leurs mâchoires écumantes et semblent reprocher au sombre poëte florentin d'avoir éternisé leur douleur. Quand je contemple cette terrible apparition, cette traduction insensée et sauvage qui rend si bien la pensée du créateur, je ne cherche ni ligne, ni couleur; je ne demande plus le procédé, je me plonge avec des délices ineffables dans la poésie qui émane de cette divine page! Ai-je le temps, dans mon extase, de m'apercevoir des défauts s'ils existent, puisque Dieu lui-même n'a, dans la nature, rien voulu créer de ce que nous autres humains appelons la perfection.

Ah! vous demandez à M. E. Delacroix du parfait! Vous voulez qu'il vous exhibe de la peinture propre et compassée, qu'il mesure le nez et les angles de ses figures?... Allez, allez, bonnes gens, vous prosterner devant la peinture officielle de tous les gouvernements. Que MM. Abel de Pujol, Droling, Ad. Yvon, Muller, et tous les peintres parfaits soient vos idoles, car ils n'ont pas de défauts ceux-là; mais, en grâce, laissez le poëte devant M. E. Delacroix, car, je vous le dis, vous ne le comprenez pas.

Quelle persévérance! Trente années de persécution,
et n'être point encore compris! Quelle volonté il lui a
fallu, à ce puissant artiste, pour lutter contre le public,
la presse et l'Académie toute entière! Être de l'Académie!... lui, le seul immortel de notre époque... mais je
doute qu'il veuille lui faire cet honneur! Non, messieurs des quarante, chez M. E. Delacroix, l'œuvre c'est
l'homme, et s'il ambitionne une chose, qu'il n'obtiendra
peut-être jamais, c'est l'affranchissement de la pensée
humaine par le rhythme poétique.

Le peintre immortel dont nous allons décrire l'œuvre,
car aujourd'hui ce n'est point une lutte d'homme à
homme, de peintre à peintre, mais bien un duel entre la
forme et la pensée, un combat entre M. Ingres et M. E.
Delacroix, l'homme de génie va, dis-je, sortir victorieux
et rayonnant de gloire de ce tournoi artistique. Son œuvre,
comme celle de son antagoniste, est au grand complet, et
c'est tous deux à la tête de quarante tableaux qu'ils vont
se proclamer les premiers peintres du monde entier. M. E.
Delacroix ne porte pas ses coups dans l'ombre, à l'exemple
de MM. Paul Delaroche et Ary Scheffer; c'est au grand
soleil, éclairé par les rayons radieux et lumineux de ses
toiles, qu'il vient demander l'immortalité!

Que de pages sublimes parmi les tableaux du Franco-
Vénitien! toutes m'entraînent, me passionnent, m'hallu-
cinent! — A droite, c'est Médée, craintive et terrible!
Les tuera-t-elle ses chers petits... le sang de son sang,
la chair de sa chair!... Le poignard tremble, l'œil s'é-
gare... Ah! grâce, grâce pour cette mère, pour ce cœur
égaré! Et M. E. Delacroix, sans pitié, me laisse, m'abandonne au doute... Ah! que de poésie! Oui, critiques,

oui, peintres compassés et académiques, le maître fût-il enfermé, emprisonné, nous impressionnerait autant, nous rendrait cette scène aussi palpitante sur un pan de muraille délabrée et à l'aide d'un bout de bois noirci à la flamme d'une lampe solitaire. Que devient alors le procédé, la ligne de M. Ingres et la couleur des plus magiques coloristes. En vérité, ce ne sont que les très humbles serviteurs du sens poétique!

Il est incontestable, d'après les déductions que nous pouvons faire de ce que nous venons d'écrire, que la réalisation poétique du beau ou de la sensation intime ne dépend ni de l'exécution plus ou moins soignée, de la forme plus ou moins arrêtée, ni des ingrédients, ni du temps, puisque nous pouvons le faire resplendir aussi bien sur une muraille décrépie que sur une toile bien préparée : que si Michel-Ange n'a pas de marbre, il pétrira de la boue; que si M. E. Delacroix n'a pas de toile, il rendra sa pensée sur la matière la plus étrangère au procédé. Nous citerons, à l'appui de notre assertion sur l'impression plus ou moins forte que nous cause dans un tableau la perfection du dessin et de la couleur, le beau tableau du maître : La prise de Constantinople par les croisés.

Ce tableau, exposé en 1841, est sans contredit le plus parfait sous le rapport de l'union du dessin et de la couleur que le maître ait jamais produit. Et cependant, ce coloris aussi harmonieux et limpide que Véronèse, nous émeut moins que le ton blafard de la Médée; le groupe d'assiégés se prosternant sous les pieds du cheval de Beaudouin, malgré une supériorité de dessin, n'a pas l'élan fougueux auquel M. E. Delacroix nous a habitués, et la magnanimité du comte n'inspire pas assez d'élan aux captifs. Tout cela, dans un autre peintre, serait parfait ; mais on sent, en étudiant ce beau tableau, que le grand maître a fait des concessions à sa pensée, a comprimé sa verve audacieuse pour être plus correct, pour satisfaire la foule. Dans la création de cette œuvre, M. Delacroix, une fois dans sa vie, n'a pas osé être lui !

Que son Marc-Aurèle mourant est supérieur ! Que de grandeur et de silence dans cette dernière action de la vie d'un sage. L'empereur, à demi couché, recommande aux philosophes et aux stoïciens rassemblés autour de lui la jeunesse de son fils. Quel langage muet et mystérieux ! Comme il intéresse mon cœur ce monarque qui veut, avant de mourir, inoculer la vertu dans l'âme de celui qui doit gouverner après lui ! — Tu peux mourir, Marc-Aurèle ! ceux qui t'entourent, si j'en juge par la simplicité de leurs attitudes, la grandeur d'âme qui se peint dans tout leur être, les angoisses qui semblent les dominer, tu peux mourir, dis-je, ces philosophes devinent les destinées de Rome et veilleront sur ton fils.

M. E. Delacroix s'est épris d'amour, dès son début, pour les poëtes dont la fougue et l'audace subjuguent les générations. Après Dante, Shakespeare ; après Gœthe, Byron ! Walter Scott, le fécond romancier, lui fournit le sujet d'un de ses plus beaux tableaux, l'Évêque de Liége. L'histoire des Francs : les batailles de Nancy, de Poictiers, la prise de Constantinople. La vieille Rome : Justinien composant ses lois, la justice de Trajan, Marc-Aurèle mourant. Il s'inspire de Venise, le grand coloriste, pour ses pages les plus brûlantes et les plus dramatiques : Marino Faliero, les deux Foscari, etc. Enfin, il traduit l'Évangile avec le vague mystérieux de sa peinture et anime les scènes palpitantes de la passion du Christ! A peine son âme a-t-elle reçu une impression qu'aussitôt il l'a fait revivre sur la toile; enfin tout, jusqu'à l'Afrique aux sables brûlants, tout a concouru à immortaliser son nom, à éterniser sa mémoire!

Il donne, ce grand magicien, de l'odeur aux fleurs, de la saveur aux fruits, de la foi aux peuples! Il anime de son souffle divin l'épiderme hérissée du supplicié; il fait palpiter la plaie entrouverte de notre divin maître! A sa volonté, le lion rugit, le tigre écume sur les sables brûlants du désert, le cheval hennit, le bourreau sue le sang, l'orgie dévore la raison, la douleur éclate, la terre tremble, la nue se déchire, les nuages se poursuivent, la nature s'anime, la vierge expire de douleur, et vous me demandez, vous tous qui êtes aveugles, si M. E. Delacroix est un grand peintre!... Je ne sais que vous répondre!... Pénétrez dans le sanctuaire, suppliez le dieu de vous initier à ses mystères, et *croyez*!... Croire! voilà le secret du poëte.

La *Chasse au lion* appartient à l'État. C'est le dernier tableau du maître et celui qui va nous donner la plus haute idée de la perfection et de l'originalité de son talent. La *Chasse au lion*, sauvage et âpre interprétation de la nature, est une perle enchâssée dans l'écrin déjà si riche de M. E. Delacroix. Il est vrai qu'en décrivant cette œuvre nous vous priverons des aperçus que nous pourrions faire de bien des tableaux qui font les délices de la bourgeoisie éclairée; mais, en faveur d'un nom aussi éclatant, pardonnez-nous.

La lutte est engagée. Un lion, de toute sa force athlétique et titanesque, étreint sous sa large et mortelle griffe un cheval terrassé et deux hommes. A gauche, la lionne, car chez M. E. Delacroix il y a toujours unité dans l'effet qu'il veut produire, la bête fauve, dis-je, se précipite au secours de son protecteur. Elle se cramponne, fine et cambrée comme une amante en rage, sur la croupe ruisselante d'un cheval dont le cavalier s'apprête à la terrasser. La mêlée est terrible, les lambeaux de chair vont joncher la terre abreuvée de sang, et la mort va terminer le carnage! La victoire va-t-elle rester au roi du désert?... Le lion et sa compagne vont-ils se repaître des flots de sang répandu, ou la crinière du terrible combattant servira-t-elle de trophée au vainqueur? Mais j'aperçois dans les lointains d'un paysage aussi sauvage que le drame, des cavaliers... Plus de doute, la victoire sera le prix de l'audace, l'homme va se relever vainqueur! Voilà à peu près la description du tableau de M. E. Delacroix... Mais puis-je rendre l'effroi que j'éprouve à sa vue! Puis-je vous dépeindre la fougue insensée qui l'a inspiré! Le carnage effrayant, la couleur fauve et magique, le dessin fantasque, capricieux et mouvementé qui animent cette scène, cette griffe frémissante. l'âpreté du site, l'énergie de ce lion surpris à la vie sauvage, la rage des combattants, l'effort surhumain de la vie contre la mort; tout cela, dis-je, peut-il se décrire aussi bien que le peintre-poëte l'a rendu!...

Dans M. E. Delacroix, et c'est sa qualité première, le mouvement est toujours bien saisi, l'action complète. Il lui faut, comme dans sa barque de naufragés, le moment suprême, la lutte entre l'espoir et la crainte, le doute entre la vie et la mort! Dans sa *Médée*, peinture qui lutte au musée de Lille avec Rubens, il rend, avec un rare bonheur la beauté ardente, agitée, échevelée ; ou, avec le génie qui l'anime, il sait rendre, ce grand maître, la tranquille insouciance de l'odalisque et la volupté asiatique du lupanar, comme dans ses *Femmes d'Alger*.

En général, les personnages de M. Eugène Delacroix ne sont jamais déplacés : Hamlet, en contemplant le crâne que lui présente le fossoyeur, songe bien à son cher Yorick ; Marc-Aurèle présage bien, à l'attitude morne et réfléchie de ceux qui l'entourent, les destinées futures de l'empire ; il convertit à la contemplation de ses scènes religieuses ; et les douleurs du Christ et les larmes de la Vierge font des croyants. Le frisson nous gagne à la vue de ses bêtes fauves ; ses *deux Foscari* nous attendrissent, et si nous laissons le maître sous l'impression que nous aura produite sa *Madeleine*, cette femme à laquelle le Christ a tout pardonné, et qui est perdue de désespoir, nous répèterons de toute la force de notre conviction : *Que si M. Ingres trouve la beauté dans la forme, M. Eugène Delacroix lui est bien supérieur, puisqu'il la domine en la rendant insaisissable !*

Depuis trente ans que M. Eugène Delacroix est sur la brèche, après avoir peint tous les sujets qui l'ont inspiré, il est étonnant qu'il ait pu encore créer les belles décorations de la chambre des Députés, du Sénat, et peindre le sublime plafond de la galerie d'Apollon. Son œuvre est innombrable et peut rivaliser avec celle des plus grands maîtres. Nous pouvons donc dire hardiment que si MM. Chasseriau, Riesner, etc., peuvent être classés parmi ses imitateurs, ils ne peuvent lui être comparés.

M. T. Chasseriau, élève de M. Ingres, a renié son maître, sans toutefois abandonner entièrement ses croyances. C'est un métis de l'art : il cherche et la forme et la couleur, sans posséder ni l'une ni l'autre. Placé à gauche d'une des travées de l'école française, nous retrouvons son *Tépidarium* exposé en 1853. C'est un tableau sérieux. La composition en est bien ordonnée, et certaines parties sont d'un dessin magistral ; la femme qui avance les bras et celle qui montre son dos au spectateur font preuve des bonnes études de l'artiste et nous prouvent, s'il n'avait placé sur le devant de son tableau deux femmes d'un aspect si désagréable, que M. T. Chasseriau sait dessiner quand il le veut. La couleur de l'ensemble est harmonieuse et les types ont de l'originalité.

Nous ne pouvons en dire autant de la *Défense des Gaules*. L'aspect général de cette grande page est ingrat, et la couleur nous a paru des plus fausses. Le groupe de guerriers à demi-nus qui s'avancent au premier plan sur des cadavres, nous affecte singulièrement la vue. — Et puis, les femmes du second plan visent à l'académique, pendant que l'ensemble du tableau s'en éloigne avec horreur ; de plus n'aurait-on pas joué un mauvais tour à M. T. Chasseriau en plaçant son tableau en regard du maître qu'il pastiche?... Monsieur Chasseriau, sachez-le : pour tenir un rang dans les arts, il faut être soi et ne pas chercher ailleurs les qualités qu'on ne possédera jamais.

Pour en finir avec l'école du maître, nous devons encore nous occuper de M. Riesner. C'est un peintre peu productif, si nous le jugeons sur l'ensemble de son exposition. Elle se compose d'une Léda, d'une Vénus, d'une

Bacchante et d'une petite Égyptienne que nous avions admirée il y a cinq ou six ans chez M. Cavé.

La Léda, que nous connaissions par la lithographie, nous fait regretter que M. Riesner ne produise pas davantage. La mythologie me paraît du goût du peintre, et sa Léda, si elle n'était un peu trop dans le sujet, ou peut-être à cause de cela, nous ferait désirer le retour des faux dieux. Elle est nonchalamment couchée et développe des formes si suaves, des chairs si chaudes et si lumineuses qu'elles éclairent la toile de leurs reflets : une vapeur moite et humide dont le corps paraît parfumé fait pressentir les eaux où son amant. sans doute, vient de ranimer ses forces en y plongeant son plumage argenté, car il paraît au paroxysme du désir. Mais que dis-je, et quel style ; arrêtons-nous... L'antique Lutèce n'est point Athènes, et, avec l'amour de Léda et de son divin amant je pourrais, sans m'en douter, effaroucher bien des oreilles. Qu'il me suffise de l'admirer et de dire à M. Riesner : Si quelquefois vous rappelez le maître, dans cette œuvre vous l'égalez.

Le moins heureux des tableaux du peintre se trouve avoir une place d'honneur dans le salon carré. Est-ce pour le sujet ou à cause de la peinture qu'on lui a fait cet honneur?... Son entourage, quant à cette dernière, nous défend d'insister. Enfin, si c'est pour le sujet, qui pourrait être gracieux, on s'est trompé : Un enfant et une bacchante, voilà tout. S'il est des plus simples, la composition n'en vaut guère mieux et les formes en sont bien chétives ; le bras de la femme n'a pas d'action et s'emmanche mal, la couleur est lourde et opacte et l'ensemble est des plus désagréables. En voyant le peu de valeur artistique des œuvres qui l'entourent, dans ce sanctus sanctorum, on est forcé d'avouer que le tableau n'est pas déplacé. Quant au tableau que nous avons précédemment mentionné il nous prouve, par ses qualités supérieures, que si les œuvres du peintre se prélassent en première ligne, le talent de M. Riesner a suivi une route entièrement opposée et qu'en l'année 1855 il n'est point en progrès.

M. INGRES.

Il nous fallait, avant de pouvoir juger définitivement M. Ingres, avoir vu son œuvre. Nous l'avons vue. Quoique environné d'une foule étourdissante, le maître garde sa sérénité ; et, si l'amour exclusif de la forme doit dominer, M. Ingres en est le grand-prêtre ; n'a-t-il pas voulu la ligne pour la ligne, la beauté dans la forme.

Si le public était seul appelé à juger les œuvres d'art, que je plaindrais M. Ingres ! Rien dans sa peinture ne parle aux masses ; il n'y a ni effet, ni perspective, ni mouvement, rien de ce que le vulgaire cherche ; et cependant M. Ingres est un grand maître. Comment ! me direz-vous !... avec une peinture si étrange, un modelé insaisissable, des tons d'une crudité si brutale que l'œil s'en trouve blessé, le Vœu de Louis XIII, la Vierge à l'hostie et la Jeanne d'Arc sont des chefs-d'œuvre.... pas tout à fait irréprochables, mais ce sont à coup sûr les œuvres d'un peintre hors ligne.

Ce qui perd les artistes ce sont les faux connaisseurs, les enthousiastes factices. Ils ont admiré M. Ingres pendant vingt-cinq ans, et, pour des beautés infiniment délicates qu'un de leur sens n'aura point senti, ils lui ont subitement gardé rancune ; d'autres, en le louangeant outre mesure ont fait de ses défauts des qualités et ont forcé les réfractaires à l'admirer sans le comprendre. Nous conclurons de ces préliminaires que dans le jugement que nous ferons de son œuvre, nous n'envisagerons pas le talent du peintre comme esclave de la représentation servile de la nature, mais cherchant le signe mystérieux d'une beauté dont il sera créateur. D'où il résultera qu'une langue n'étant pas comprise par le seul fait de l'entendre parler, de même l'œuvre de notre grand artiste ne pourra être appréciée de tous par le seul fait qu'elle sera regardée.

L'exposition universelle de 1855 contient trente-neuf

peintures de M. Ingres : Homère déifié, le Vœu de Louis XIII, l'apothéose de l'Empereur, Jeanne d'Arc, la Naissance de Vénus, le Saint Symphorien, sont, parmi les tableaux d'histoire, les œuvres les plus importantes. Françoise de Rimini, Charles V et Jehan Pastorel, le Tintoret et l'Arétin, Philippe V, etc., peuvent se classer parmi les peintures de genre, malgré leur faire *historique;* et les portraits de Chérubini, de M. Bertin, de M. le comte Molé et de Mme la comtesse d'Haussonville le posent au premier rang comme portraitiste.

L'*OEdipe* est une des premières œuvres du peintre, puisqu'elle date de 1808; ce tableau appartient à M. le comte Tanneguy Duchâtel. M. Ingres, né en 1779, avait à cette époque à peu près vingt-neuf ans. Après avoir remporté le prix de Rome en 1800, ce ne fut que vers l'année 1806, après le rétablissement de l'école française à Rome, qu'il put aller habiter la villa-Médicis. Il n'est point étonnant que l'illustre peintre, resté en Italie jusqu'en 1824, imbu de la manière de Raphaël, ait, dis-je, suivi l'impulsion de l'école romaine sans toutefois perdre de son originalité. Et il faut que son prix de Rome, *Achille*, ait de bien grandes qualités, puisque Flaxmann, lors de son voyage en France, déclara que la plus belle chose qu'il eût vue était le tableau de M. Ingres.

La composition de l'OEdipe, malgré une grande uniformité de ton, vous impressionne. Il y a un mystère entre le regard de l'homme et l'impassibilité du sphinx. La griffe du lion avance vers le téméraire qui ose l'affronter, l'homme et le monstre se magnétisent. Pourquoi, avec le naïf public, nous arrêter à la couleur uniforme des chairs, à la sécheresse des cheveux, etc., etc.

L'art existe, l'impression est produite, nous ne voulons
rien de plus.

Le Vœu de Louis XIII, que nous ne connaissions pas,
est le meilleur et le plus complet des tableaux de M. Ingres. Le mouvement du roi très-chrétien est parfaitement compris et a de l'onction. L'expression de la tête
est sublime; le monarque place bien toute sa confiance
dans cette sainte et bonne Vierge qui doit protéger son
royaume; enfin, le roi est un croyant! M. Ingres, dans
ce tableau, est un inspiré du quinzième siècle; il a la foi
qui fait les hommes de génie! La Vierge et l'Enfant
divin, compris dans la grande manière de Raphaël, sont
admirables de simplicité et de noblesse. Les draperies
sont d'un ensemble sévère et gracieux et l'expression de
la mère du Christ attire la prière. Monsieur Ingres, placé
sous l'invocation d'une œuvre si belle, votre nom se
transmettra d'âge en âge.

La dernière production du peintre, Jeanne d'Arc, ne
nous satisfait point autant; avec toutes les qualités des
œuvres de l'artiste, elle n'est point entièrement exempte
de reproches; Jeanne, accompagnée de son écuyer et de
Jean Paquerel son aumônier, prend, l'oriflammme en
main, l'engagement de sauver le royaume de France.
L'expression de Jeanne ne répond point à la noble pensée
qui l'anime : elle veut affranchir son pays d'un joug
étranger et rien n'exprime dans son regard sa mission
divine; elle est sainte plutôt que suppliante, et la Vierge
a remplacé la femme. Cependant l'action voulait une volonté énergique, du feu dans la prière, de l'amour et de
la vengeance. Jeanne devait avoir, dans un sentiment
contraire, l'exaltation de Louis XIII! Et puis, malgré

toute l'admiration que commande un homme du talent de M. Ingres, nous sommes obligé quelquefois à une critique juste et sincère quand nous le voyons se fourvoyer jusqu'à peindre une armure aussi disparate que l'est celle que porte la Pucelle. Tout en cherchant la forme et la beauté idéale, un artiste ne doit point heurter si violemment les lois de l'harmonie. Cette armure tue le tableau et empêche même le spectateur le plus inoffensif de sentir le charme du sujet. Je suis convaincu, si M. Ingres veut me permettre de lui donner un avis, qu'un simple frottis chaud et vigoureux détruirait la sécheresse de cette partie et donnerait au tableau une harmonie qu'il est loin de posséder. Disons, pour en finir avec cette œuvre, que les traits de Jean Pacquerel sont ceux de l'illustre peintre, et que la postérité lui saura gré d'avoir éternisé sa ressemblance, car, sans aucun doute, l'œuvre et l'artiste iront de compagnie.

Les critiques qui se sont acharnés sur le Saint Symphorien lors de son apparition vont s'humilier et avoueront que, s'il existe au salon une œuvre digne de passer à la postérité, c'est sans contredit cette belle page. Que dire après toutes les polémiques qui ont été engagées à ce sujet?... Copier ce qui a été répété cent fois, nous n'en ferons rien, mais nous formulerons notre pensée en affirmant que le seul tableau capable de donner l'idée d'un martyr, comme cela se pratiquait dans les commencements de l'ère chrétienne, est à coup sûr le Saint Symphorien de M. Ingres.

L'apothéose de l'empereur ne nous satisfait point. La composition en est disgracieuse, et, sauf le sentiment exquis de la figure de la victoire, l'ensemble et surtout la femme chassant la discorde et la haine du sanctuaire nous paraissent indignes du maître. Mais si l'ensemble de l'œuvre n'est point exempt de reproches, l'empereur n'a pas eu de peine à être fidèle à la victoire, surtout si elle était aussi enivrante que l'a peinte M. Ingres.

Si l'illustre peintre domine l'école française par son idéalisme, il faut avouer qu'il en est aussi le premier portraitiste. Quel succès, en 1832, à l'apparition du portrait de Bertin aîné ! M. Ingres, forcé de reproduire une nature qui ne lui rappelait pas l'antique, lui a cependant donné une tournure magistrale. Il en a fait une œuvre très-forte, et tous ceux qu'il a peints depuis n'ont pas de plus grand caractère. Dans celui de M. le comte Molé, nous avons une représentation très-intelligente de la personnalité que le peintre devait rendre. Celui de Mme d'Haussonville, délicieux de pose et de distinction, possède, outre les qualités précédentes, de la grâce et du charme et nous montre le talent du peintre dans un aspect différent. Enfin, celui de Mme la princesse de B. est d'un dessin et d'une ampleur magistrale et résume complètement le talent de l'éminent artiste. Répétons qu'avec des œuvres d'une si haute valeur artistique, il serait puéril de critiquer certaines parties secondaires dans les tableaux dont nous venons de faire l'analyse; que de pieds, de nez et d'oreilles ne seraient point à leur place si nous épluchions sottement l'œuvre de Léonard de Vinci ou de Jules Romain.

Il nous faut, pour compléter les travaux de M. Ingres, mentionner les tableaux de genre qui se trouvent dans la même salle : Henri IV jouant avec ses enfants ne nous paraît pas exempt de critique; est-ce un petit tableau d'histoire ou simplement une peinture de genre?... Les figures sont indécises, les formes disproportionnées et la couleur mate et lourde. Dans le Philippe V, malgré la belle ordonnance des groupes, nous avons été affecté de la taille démesurément élevée du maréchal de Berwick; pourquoi, avec une si habile mise en scène, un grandiose de composition bien rare à rencontrer, M. Ingres se laisse-t-il aller à des fautes qui sont bien au-dessous de son talent; car, dans le Tintoret et l'Arétin, je n'eusse jamais deviné le peintre de la Stratonice. Si nous ajoutons le Charles V et Jehan Pastorel, daté de 1821, tableau où brille un si beau caractère historique qu'on le croirait, à la tournure de ses figures, descendu d'un manoir du quatorzième siècle, nous aurons passé en revue l'œuvre à peu près complète de notre Raphaël Français. — Ses tableaux ne sont pas nombreux, c'est vrai; mais ne resterait-il que la Vénus de Milo de l'œuvre du divin sculpteur qui l'a sculptée, qu'il n'en serait pas moins le plus sublime de l'antiquité.

Ajoutons à ce qui manque à l'Exposition, pour mentionner toutes les productions du maître, le beau portrait du duc d'Orléans, Jupiter et Thétis, le Triomphe de Romulus et les fameuses peintures qui ornent le château de Dampierre, propriété de M. le duc de Luynes, et nous aurons payé notre tribut d'éloges à notre grand maître; car, si M. Eug. Delacroix est le premier coloriste du monde, M. Ingres en est le plus grand dessinateur.

Accepté que le beau de l'art soit la représentation de la nature, MM. H. Flandrin, Lehmann, A. Duval, Signol, etc., à l'exemple de M. Ingres, leur maître, s'éloignent complètement de la perfection. Si le but du peintre, le terme qu'il doit atteindre est ce beau de la nature sensible à l'œil du vulgaire et même à celui des lettrés et de quelques critiques, ils deviennent, dis-je, d'un mauvais insupportable. L'école de MM. Couture et consorts, car qui n'est pas chef de secte de nos jours, me paraissent sous l'influence de cet axiome : « Peintre ! le vrai avant tout ; si tu veux être complet, rapproche-toi de la nature. » Et cependant MM. Ingres et Eug. Delacroix font ce qu'ils peuvent pour s'en éloigner !

« Le poëte cherche ce qui n'existe nulle part, et cependant il le trouve ; » épigraphe d'un de nos petits livres qui trouve naturellement sa place ici : « *Quod nusquam est gentium reperit tamen.* » Oui, M. Ingres, avec des lignes, nous domine par sa pensée, et M. Eugène Delacroix, plus poëte encore que son adversaire, avec son merveilleux coloris sans lignes, avec l'absence complète de moyens matériels, de contours conventionnels, nous fascine par sa verve créatrice ; où est l'imitation de la nature dans tout cela ?... Que MM. Couture, Muller, etc., etc., me semblent mesquins, quand je les compare à ces demi-dieux poëtes et peintres ! Qu'ils me paraissent petits avec leur grandes toiles, ces peintres qui veulent chercher la nature sans la poésie ! S'il ne fallait pour créer un chef-d'œuvre qu'un peu plus ou moins de ressemblance avec la nature, les peintres d'enseigne marcheraient en tête, les faiseurs de portraits, de la force de bien des célébrités que je me garderai bien de nommer, les suivraient, et les grands machinistes des scènes de l'empire et de la révolution, les débris de l'école de la Restauration avec leur dix mille mètres de toiles exhumés, comme je l'ai déjà dit, de

tous les musées, églises, etc., etc., se prélassant aux places d'honneur de l'Exposition, tous ces chefs-d'œuvre,
dis-je, où la recherche de la nature se fait aussi vive-
ment sentir que dans les Romains de la Décadence de
M. Couture, ouvriraient à nos arrière-neveux la route
qu'ils devraient suivre pour arriver à l'immortalité. Les
siècles étant si avares d'hommes de génie, il est peu pro-
bable que la nature en ait produit une si grande quan-
tité pendant qu'une disette s'est fait sentir jusqu'à nos
jours?.... N'y aurait-il donc que le dieu de la couleur et
du dessin, et tous les autres seraient-ils affublés de la
peau du lion!... C'est ce que l'avenir nous apprendra.

Les élèves de M. Ingres, à l'exemple de leur maître,
se sont formés à Rome; le système ingriste s'est inoculé
dans leur faire comme dans leur pensée, et s'ils ont con-
servé les qualités du maître ils en outrent souvent les
défauts. M. H. Flandrin, dont le culte est le plus fervent,
est aussi celui dont la nature s'arrange le mieux du sentiment de son maître. Saint Clair guérissant des aveugles
est son œuvre capitale. Ce tableau, que nous ne connaissions pas, appartient à la cathédrale de Nantes.

Saint Clair rend la vue à deux aveugles; ils sont age-
nouillés, les bras tendus avec l'attitude suppliante aux
pieds du saint et invoquent sa miséricorde. La scène est
disposée magistralement et comprise avec beaucoup
d'onction; l'étonnement se peint bien sur la figure des
assistants. La foi des aveugles dans la puissance de
saint Clair, les têtes remplies d'étonnement des spec-
tateurs, le calme et la sérénité du saint, le jet des draperies, l'ordonnance de la scène, tout dans ce tableau
dénote la pensée et l'exécution d'un grand peintre; et

s'il n'était signé H. Flandrin, M. Ingres pourrait le revendiquer.

Les portraits de M. H. Flandrin, et il en a huit, ne sont pas tous de la même force. Si nous le jugeons sur son portrait, n° 3077, nous trouvons la tête fort belle, le dessin d'un grand style et l'exécution plus libre que dans les autres. Le visage a du caractère et de la finesse, et si les draperies n'étaient point invariablement d'un faire sec et d'une couleur monotonne, si le fond laissait un peu plus la tête aérée, ce serait le plus beau portrait du Salon, après ceux de M. Ingres. Le n° 3079 est aussi d'une grande finesse d'expression, mais les cheveux le défigurent complétement par la crudité de leur ton.

S'il est regrettable de voir des artistes tels que MM. H. Flandrin, H. Lehmann, etc., amoureux de leur art jusqu'à lui sacrifier l'approbation du public, se laisser entraîner par un système qui dégénère souvent en parti pris, nous devons néanmoins les louer de leur persévérance en contemplant le résultat dont leurs œuvres nous donnent la mesure, et les féliciter de la foi qui dirige leur pensée dans l'énergie avec laquelle ils poursuivent la voie qu'ils se sont tracée.

Après M. Flandrin les défauts du maître, avec moins de qualités, se font remarquer dans M. Henry Lehmann. Les premières peintures de cet artiste que nous avions déjà vues chez M. Paturle étaient plus l'œuvre d'un croyant. Depuis cette époque l'artiste a douté de lui et n'a pas su choisir l'école qu'il devait suivre. M. H. Lehmann a balancé entre M. Ingres et M. Eug. Delacroix; A-t-il bien fait? c'est ce que ses œuvres vont nous apprendre.

Dans l'Ophélia et l'Hamlet du Salon de 1846, le dessin de M. Lehmann est plus indécis et sa couleur vise à l'originalité ; ses têtes n'ont point le caractère shakespearien et sont outrées d'expression ; dans l'Aristote, le pastiche est trop sensible ; on ne sait plus de quel maître il procède : « Alexandre caché sous un berceau, voit une Indienne chevauchant sur Aristote ; » tel est le sujet. La leçon est bonne, et doit mettre le vainqueur de la Grèce en garde contre le sexe le plus séduisant de la terre ; mais la composition n'est ni entraînante ni gracieuse, et la courtisane est loin d'avoir les charmes qui doivent lui conquérir l'amour du héros ; quant au philosophe, il fait piteuse mine, et on ne comprend ni la joie libertine de l'une, ni l'indignation d'Aristote à la vue d'Alexandre. Il ne s'ensuit pas de là que M. Lehmann soit parmi les derniers de l'Exposition ; non, je relève ses défauts parce que le peintre me paraît digne d'une critique.

Dans ses portraits M. Lehmann affectionne, comme son voisin M. Flandrin, le vert et le bleu sans plus s'occuper de l'harmonie générale ni de la combinaison pittoresque des tons. Un pareil système, s'il n'était balancé par un dessin et un style sérieux, ne serait pas tolérable ; c'est ce qui fait que des cinq portraits qu'il a exposés, pas un n'est exempt de cette crudité de tons. Ils possèdent tous les mêmes cheveux verts, les chairs vertes, les fonds verts ; enfin ils semblent tous sortir de l'onde.

Pour en finir avec M. Henry Lehmann nous mentionnerons, comme son chef-d'œuvre, les Océanides. Ce groupe est d'une belle composition ; malheureusement le peintre, tout en nous montrant plusieurs femmes sous différents aspects, ne nous a exhibé qu'un seul et même type, qu'une seule et même femme, et je doute que l'antiquité ait été aussi sobre dans ses nuances que l'auteur des Océanides. N'y a-t-il pas eu de tout temps des blondes à la carnation fine et dorée, des rouges aux couleurs luxuriantes et voluptueuses, des brunes à la peau jaune et ambrée, et même des vertes-émeraude comme les affectionne tant M. Lehmann? Il n'avait pas besoin d'en faire tant, une seule suffisait. Ce défaut écarté, le ton général du tableau est heureux et les nuances verdâtres sont ici utiles, puisque la scène se passe sur un rocher au milieu de l'Océan. Le dessin est ferme et accentué sans sécheresse; les corps se modèlent avec précision, les têtes ont de la rêverie et expriment bien la langueur, et la forme pyramidale du sujet est bien en rapport avec les groupes. Il est impossible de traduire mieux le poëte grec que ne l'a fait M. Henry Lehmann.

M. Amaury-Duval n'a au Salon que trois portraits. Nous ne savons si la Tragédie est aussi un portrait, mais il nous a semblé reconnaître Mlle Rachel. M. Amaury-Duval est un peintre-sculpteur, et n'est pas sculpteur qui veut. Qui ne se rappelle le superbe portrait qu'il avait exposé en 1846?... Décidément, M. Amaury-Duval n'est pas en progrès. Le profil, dans ce magnifique portrait, s'enlevait ingénieusement sur un lambris gris; la tête paraissait immobilisée : la peinture s'était faite marbre. Il y avait dans cette tête un air noble, impérieux, qui imposait à la foule. La ligne du cou était d'un galbe rare, et le front semblait créé pour ne jamais se courber. Nous ne retrouvons plus les mêmes qualités dans les trois portraits exposés cette année.

Je le répète, dans la tragédie, M. Amaury-Duval a-t-il
voulu peindre les traits de Mlle Rachel ou s'est-il contenté d'une représentation de la Tragédie? Le doute est
excusable quant à la ressemblance, car les traits rappellent assez ceux de l'illustre tragédienne, et il l'est
autant pour le style. Je suis sûr que la Muse tragique
n'a ni cette monotonie, ni ce regard indifférent, et que,
dans l'hypothèse des deux cas, M. Amaury-Duval s'est
fourvoyé. Je ne vois nullement l'accord qui doit exister
entre l'expression du geste et de la pensée, ou plutôt
l'action n'est ni dans l'une ni dans l'autre. Le spectateur
reste froid devant le tableau. J'eusse désiré éprouver devant la Muse tragique ce que la Médée de M. Eugène
Delacroix me fait ressentir, toutes les passions du drame :
la crainte et l'effroi, le doute et l'espérance, la vie et la
mort! J'eusse voulu voir la Tragédie animée du souffle
de la vie, ou sculptée poétiquement dans la toile. Mais
non; il n'y a là qu'une froide personnification de la Tragédie de nos jours, et non l'emblème idéalisé de l'art de
Sophocle et d'Eschyle.

M. Signol est encore un représentant de l'école de
M. Ingres. Nous connaissions déjà ses deux tableaux de
la Femme adultère pour en avoir admiré un au Musée du
Luxembourg. Ils sont placés dans le fond d'une travée,
et certainement ils méritaient une meilleure place. Que
voulez-vous? il paraît que chacun doit avoir son tour,
car le grand Salon me paraît en grande partie peuplé
d'œuvres à peu près nulles et bien inférieures à celles de
M. Signol; ils sont comme perdus dans l'endroit où nous
les avons découverts, et nous ne supposions pas qu'une
place plus ou moins officielle donnât tant d'importance à

un tableau. Il fait donc bien beau dans ce *grand Salon*, pour que les rayons, plus chauds et plus lumineux qu'ailleurs, grandissent le talent du peintre qui vient s'y épanouir ! M. Signol malgré cette défaveur brave l'oubli, et ne perd pas, éloigné du sanctuaire, de ses belles qualités. La Madeleine aux pieds du Christ s'abîme dans sa douleur et semble implorer le Rédempteur du monde. La résignation, le repentir, le désespoir et la foi font de cette figure un type qu'il est impossible d'oublier : ce tableau dénote dans M. Signol l'auteur des belles fresques qui ornent les principales églises de Paris.

Mais, j'y pense, si je ne me presse je ne pourrai jamais rendre compte des mille et mille tableaux, statues et œuvres d'art qui encombrent les salles de l'Exposition universelle, puisque je n'ai encore pu parler que de trois ou quatre peintres. Assez donc des ingristes, et allons promptement nous réchauffer à la lumière radieuse des coloristes. Avant de terminer, disons que parmi toutes ces doctrines s'il en est une que l'on puisse nommer matérialiste c'est bien, permettez-nous ce paradoxe, l'école des ingristes, puisqu'elle veut l'amour exclusif de la forme, la déification de la matière, le Panthéisme !

DECAMPS.

Vous savez de souvenir, pour peu que vous vous occu-
piez d'art, l'Odalisque de Ingres, le Dante ou les Naufragés d'Eugène Delacroix, la Défaite des Cimbres de Decamps; mais tâchez de vous rappeler une des innombra-
bles peintures de n'importe quel académicien!...

L'immense succès de M. Decamps s'est entretenu en
dehors des expositions; sa réputation est surtout l'œuvre
des amateurs et des ventes publiques; c'est le lion artistique du billet de banque. Dans toutes les galeries d'amateur plus ou moins riches; chez tous les marchands de
tableaux, et même chez les plus modestes, vous rencon-

trerez un Decamps. Le prix seul variera de 50 francs à
50,000 fr., de l'esquisse à l'école Turque, vous n'aurez
qu'à choisir. Tout amateur qui n'a pas un Decamps le
rêve nuit et jour; mais à peine le Decamps est-il trouvé
qu'il ne s'arrête plus et que de collectionneur il devient
enthousiaste. La peinture de notre grand artiste, ardente
et empourprée comme l'Orient, a donc bien de la magie,
puisqu'à la vue de ses tableaux la *furia* artistique nous
emporte.

Chez M. Decamps, l'impression est soudaine, l'image
vivante. C'est, si vous le voulez, la magie du réalisme.
Quoiqu'il peigne par *ficelles*, il ne tâtonne jamais, comme
M. Ary-Scheffer, l'expression de sa pensée. Il voit, il
sent, il rend. Il est spontané, ardent, entraînant. Il a au
plus haut degré l'instinct de la forme, de la pensée et de
l'action. Il nous subjugue par sa vive lumière et nous
éblouit avec son soleil asiatique. « Sa peinture, comme
l'a dit un de nos meilleurs critiques, est un Turc qui se
promène en plein midi. »

M. Decamps obtient, à l'aide d'une intelligence mer-
veilleuse de l'ombre et de la lumière, des effets toujours
saisissants. Ses toiles sont d'une telle unité de ton qu'elles
absorbent complétement les nuances particulières qui
la composent. Il n'y a jamais dans ses tableaux rien de
prétentieux, et sa composition est toujours simple; c'est
un bûcheron courbé sous le poids de sa bourrée, ou un
enfant qui joue sur le bord d'une mare; ce sont des
singes qui philosophent ou qui donnent un concert avec
plus d'inspiration qu'on n'en trouve généralement salle
Herz. Il est esclave de l'impression du moment; c'est un
basset hargneux qui baisse la queue ou un cheval qui

s'élance ; un Turc qui se vautre dans la volupté ou un canard dans la fange ; enfin c'est n'importe quoi ; le désordre de l'art, mais l'harmonie de la nature !

Voilà l'œuvre de M. Decamps. Nous qui ne demandons à l'art que conviction et foi, les tableaux de l'illustre peintre, s'ils ne le placent aussi haut que MM. Ingres et Eug. Delacroix, le font dominer de toute la hauteur qui sépare l'art de l'industrie, le rhythme bourgeois de M. Paul Delaroche, le tâtonnement poétique de M. Ary-Scheffer, et le réalisme fastidieux de l'école académique y compris les grandes pages de M. T. Couture. M. Decamps est un peintre qui se joue des difficultés de l'art et qui, pour éviter le reproche que nous adressions à M. H. Lehmann à propos de ses Océanides, à l'instar du Giorgion et à l'aide d'une glace ou d'une rivière, nous offre la nature sous différents aspects et reproduit toutes les beautés de la femme à l'aide d'un seul type. La science de M. Decamps consiste dans le jeu de ces ombres chaudes qui projettent les reflets d'un soleil ardent. Ses tableaux respirent l'enivrement des sens, au milieu d'une nature brûlante dont les ciels empourprés augmentent le délire ou le mystère suivant l'heure du soir ou de la nuit. Tels sont les Souvenirs d'Orient ; en décrire un, c'est vous dire de les admirer tous ; car, de mémoire d'homme, on n'a vu tant de richesses amoncelées.

Les quarante-cinq tableaux de M. Decamps, plus les neuf dessins de Samson, sont en effet une des curiosités du Salon. Les oppositions si franches et si hardies, si riches et si luxuriantes qu'on y remarque, font pâlir les chefs-d'œuvre qui les environnent, malgré les noms de MM. Meissonnier et Th. Rousseau dont ils sont signés.

Le Singe peintre est de la bonne manière de M. Decamps; c'est un peu noir, mais d'une belle qualité de
ton. Les heureux singes!... de pouvoir barbouiller tout
à leur aise sans jamais être mécontents de ce qu'ils font.
Comme Jean-Bonhomme est bien à son chevalet et sous
le coup de l'inspiration; quelle malice narquoise anime
sa physionomie... C'est qu'en s'abandonnant à son ca-
price et à sa poésie, M. Decamps trouve toujours un
style original et des effets imprévus. Si M. Decamps
s'était contenté, quoi qu'en pensent ses enthousiastes, de
peindre des tableaux suivant son goût et qu'il n'ait pas
quelquefois violenté sa verve pour l'asservir au style religieux et à ce qu'on a coutume d'appeler la *grande peinture*, nous ne l'en eussions que mieux aimé.

Dans Rembrandt, est-ce le sujet qui nous charme ou
la magie étincelante de la couleur?... Que ses vierges
seraient laides si elles n'étaient si lumineuses ! Nous
abandonnons donc au capitaliste qui peut économiser
40,000 francs sur sa table sans se priver de manger des
primeurs à son dîner, nous lui souhaitons, dis-je, le
Moïse, la Pêche miraculeuse, le Joseph de M. Decamps,
pour garder un de ses intérieurs turcs ou normands, ses
chenils embourbés, ses enfants déguenillés; et nous affir-
mons que ses ânes et ses chameaux nous plaisent mieux
que la scène pompeuse d'Eliezer et de Rebecca. Est-ce
parce que la Judée nous est inconnue que nous trouvons
généralement les ciels trop bleus et trop plombés; les
eaux sans transparence, le feuillage trop vert?... Est-ce
que, sous ce beau ciel d'Orient, les personnages doivent
s'incruster dans la toile?... Non, en Orient comme en Oc-
cident, j'en demande pardon à ceux qui les ont visités,

l'on circule malgré l'embrasement de l'atmosphère. Le peintre doit donc varier son exécution suivant la nature des choses qu'il représente.

Le procédé de M. Decamps, celui qu'il a inventé et mis de mode, c'est un empâtement exagéré de la couleur. Il le pratique si habilement que c'est, pour la représentation matérielle des objets solides et résistants, pour les terrains et les murailles, un véritable progrès dans le procédé. Mais ce ne sont point ces qualités secondaires qui font de M. Decamps l'un de nos meilleurs peintres, car si la Vénus de Milo est un chef-d'œuvre, ce n'est point par son plus ou moins de ressemblance avec la nature. A ce point de vue de la pratique, le peintre s'éloigne du véritable but de l'art. S'il n'avait que ces qualités, si estimées des amateurs et du vulgaire qu'ils les confondent avec l'art, nous ne nous donnerions pas la peine de lui adresser notre critique; car il ne nous prendra jamais envie, croyez-le bien, de nous occuper sérieusement de tous les tableaux insignifiants qui tapissent les vingt-cinq mille mètres de murs de l'Exposition universelle, et d'analyser les œuvres d'un artiste qu'aucune originalité ne recommande. M. Decamps, malgré sa lourdeur d'exécution et l'abondance de sa pâte, n'en excelle pas moins dans le faire étourdissant d'où jaillit la lumière qui colore ses tableaux d'une richesse de ton inouïe.

On ne se doute guère que la réputation de M. Decamps se soit surtout établie sur cette qualité du *faire* que l'amateur prend pour l'apogée de l'art. Ses défauts ont plus fait pour sa gloire que ses qualités. En effet, le public habitué à prendre le signe pour la pensée, et sachant qu'il faut tant d'années de travail pour acquérir le *signe* seul, doit croire que l'imitation matérielle est le but quand elle n'est réellement que le moyen. — Et les initiés le savent si bien, informez-vous-en aux vrais connaisseurs, qu'ils laisseront toujours le tableau *fini* pour l'esquisse, la pensée intime de l'artiste. Et M. Decamps, poëte autant que peintre, sourit quand chacun lui dit : « Que tu es habile, grand artiste ! de représenter, avec de l'huile et une pincée de terre, la nature avec tant de vérité ! » Et pendant que les pharisiens causent entre eux et spéculent sur ses tableaux, lui, face à face avec sa conception, trouve : que le beau qu'il a rêvé est bien supérieur à la pâle imitation qu'il a créée. Au surplus, s'il s'agissait pour arriver à la réalisation du beau de l'imitation parfaite de la nature, l'âge d'or existerait et le Salon carré en serait le paradis.

Un des plus magiques tableaux de M. Decamps, la Défaite des Cimbres, fut exposé au salon de 1834, il y a vingt ans. Vous voyez que son talent date de loin et que sa réputation est déjà affermie. La Défaite des Cimbres est une vraie bataille. Au premier plan, belles et grandes masses, soldats repoussés, écrasés, foulés et étouffés dans le désordre et la confusion. Sur les ailes et se perdant dans les profondeurs de la toile, des phalanges de guerriers se déployant comme des serpents gigantesques vont se perdre dans cet immense horizon. Un ciel brûlant, terrible, bien épais et embrasé d'une couleur sinistre ; des terrains sauvages et empierrés ; une grande variété d'incidents, un désordre et une mêlée effrayante ; la lumière fauve et terrible qui éclaire la scène, tout dans cette vaste composition vous impressionne et vous éblouit. L'âme de Tempeste, la furia de Salvator Rosa et la sombre sauvagerie du Caravage s'étaient emparés de l'âme de M. Decamps quand cette sombre page sortit de son pinceau. La composition en est savante; c'est vif d'action, plein d'effroi et du coloris le plus éclatant. Mais vous décrire cette bataille, c'est vous dire d'aller la voir; car, à l'exemple des anciens peuples qui conduisaient leurs bardes à la guerre pour être témoins de leurs combats, on serait porté à croire, si la métempsychose était un peu dans nos croyances, que M. Decamps a assisté à cette effroyable retraite.

Les œuvres d'enthousiasme sont si rares, que nous mentionnerons encore comme une des productions les plus extraordinaires du maître sa grande épopée de l'Histoire de Samson. C'est une des plus belles et des plus dramatiques conceptions de l'art contemporain.

Dans ces neuf tableaux, la grande préoccupation du peintre a été de rendre, de sentir forte et originale l'expression individuelle, singulière et fataliste qui doit s'emparer de l'âme du spectateur à la vue de ce grand drame. — La femme, dans ce poème homérique, sera le mauvais génie de l'homme prédestiné dont le nom signifie : « *Semblable au soleil.* » La vie de Samson va se dérouler au travers d'images effrayantes, de combats et de trahison, de scènes de carnages et d'incendie, va se partager entre l'amour et la perfidie. Il va passer sa vie à aimer et à combattre pour finir, à sa dernière heure, par tuer plus de monde qu'il n'en massacra dans tout le cours de son existence.

Tout est grand et terrible dans les neuf tableaux de M. Decamps. La figure de Samson est comprise dans le

style du Florentin. Les campagnes désolées et les popu-
lations en fuite ; les ciels lugubres et sulfuriques rayés de
tons fauves, s'appesantissent lourdement sur ces scènes
dévastées. L'effet, toujours fantasque, étrange, surna-
turel, ressemble à une hallucination de Gérard de Nerval.
Le mystère et la poésie remplacent la réalité qu'un faire
énergique nous rappellerait. Dans cette grande épopée
Samson défait des armées, foule de ses pieds robustes
les corps meurtris des vaincus, étouffe dans ses bras les
combattants, et brandissant la fatale mâchoire se fait
un trophée des lambeaux de leur chair.

Si on aperçoit quelques défauts dans ces belles pages,
on peut facilement les excuser en jouissant des beautés
qui y brillent. Un peu de sécheresse, quelquefois des
mouvements hasardés dans plusieurs figures, certains
caractères de tête qui se trouvent parfois en désaccord
avec le style grandiose de l'œuvre ; des expressions de
physionomie qui sont des réminiscences de sujets bur-
lesques dont nous vous parlions précédemment, n'em-
pêchent pas M. Decamps d'avoir, dans cette suite de
l'histoire de Samson, créé un des plus extraordinaires
chefs-d'œuvre du dix-neuvième siècle.

ROBERT FLEURY.

S'il est vrai qu'un amateur ne puisse se dispenser de
posséder plusieurs Decamps, il faut qu'il ait au moins
un tableau de Robert Fleury. Ce peintre n'est cependant
pas chef de secte et procède de toutes les écoles. Il a étudié Titien et l'a outré ; pour l'expression, Caravage et Ri-
bera, et il ne peut les égaler ; et pour la sécheresse
d'exécution, il rappelle souvent notre vieux peintre français Janet ; il nous est donc bien difficile de lui donner
toute l'importance que les qualités apparentes de sa peinture semblent exiger, d'autant plus qu'avec les sujets
dramatiques, mystérieux et terribles qu'il traite il sé-

duit la foule, et que par le *ragoût* de sa peinture il en-
traîne les artistes. Parmi ces derniers M. Robert Fleury
fait école, et les peintres français et belges ne dédaignent
point ses tendances. Si le génie consiste à rendre maté-
riellement les expressions et les angoisses de l'âme,
M. Robert Fleury est à coup sûr un grand peintre. Un de
ses plus beaux tableaux va nous servir à résoudre le pro-
blème.

Jane Shore, condamnée comme adultère, est lapidée
par la populace de Londres. — L'expression générale de
ce tableau est saisissante. Jane, l'œil égaré, la poitrine
haletante, le cœur plein d'angoisses, à peine vêtue,
cherche un repaire inaccessible aux forcenés qui la poursuivent. Les lèvres de ce beau visage se crispent, l'emblème de la mort se fige sur ses traits et bientôt de tout
ce beau corps, de ces charmes qui ont servi à assouvir
les passions d'un monstre, il ne restera plus que des lambeaux informes souillés de boue et de sang. A gauche,
le peuple se rue sur sa proie ; la férocité éclate sur ces
visages où la honte fait place au cynisme et à l'effronte-
rie. Mais ce qui inspire surtout l'effroi, c'est la fureur de
ce jeune homme à la tête rose et blonde qui s'apprête
à lancer la pierre qui va briser les jours de cette pauvre
reine, de cette femme qui a aimé d'un amour passionné ce
lâche couvert de pourpre qui a besoin d'un semblant de
justice pour couvrir son forfait et qui n'ose la faire poignarder. — Ce tableau, d'un effet puissant, d'une couleur forte et originale, d'un *faire* étourdissant, est de la
plus belle qualité du maître. Mais cette peinture, toute
d'imitation matérielle, rentrerait dans la peinture réaliste
si, chez M. Robert Fleury, cette servilité de la partie imi-

tative n'était entièrement distincte de la partie esthétique lors de la conception poétique de l'œuvre.

Dans tous ses ouvrages, les Derniers moments de Montaigne, une Scène d'inquisition, Benvenuto Cellini, l'Auto-da-Fé, absent du Salon, et dans le dernier tableau du maître, M. Robert Fleury asservit sa pensée à l'exécution. Animé d'une fiévreuse et lente inspiration, il s'agite, se trouble, s'acharne à rendre sa pensée; et, s'il nous est permis de divulguer certains secrets d'atelier, à la louange toutefois de l'illustre peintre, il ne se contente pas de copier l'expression banale de son modèle, mais, avec une énergie incroyable il cherche à rendre lui-même à l'aide du miroir le caractère de la tête, le signe de sa conception. Aussi, à la vue des tableaux de M. Robert Fleury, on sent son cœur se remplir d'angoisse et d'amertume.

En nous attachant à la partie pratique du peintre, à son procédé, nous avouons que nous le trouvons lourd et uniforme. Sa peinture est toute de réflexion et calculée, ce qui lui donne un aspect dur et rougeâtre, une teinte sèche et noire. Il se donne beaucoup de mal, et au lieu de peindre avec enthousiasme il produit par réflexion; et puis, ce qui nuit à la perfection du coloris chez M. Robert Fleury, ce sont les noirs dont il est si prodigue. Pourquoi, avec une aussi grande intelligence de l'art et une volonté qui ne s'est jamais démentie, aidé des études sérieuses qu'il a faites d'après Titien, Rembrandt, Rubens, pourquoi, dis-je, M. Robert Fleury s'est-il obstiné à persévérer dans ce faux système?... C'est que la science s'apprend, et qu'on crée la lumière.

Dans son Pillage à Venise, quoique sa couleur soit vigoureuse et bien appropriée à la scène, l'air ne circule point, tout est lourd et monotone de ton ; et, quand il veut s'affranchir de ce défaut, certaines parties deviennent d'une crudité de ton si blessante, comme la couleur de la draperie de la Femme que des chrétiens violentent. que l'œil s'en trouve offensé.

La scène se passe, comme l'indique le livret, à Venise dans le quartier des juifs. Sur le perron d'une maison. une femme est entraînée malgré elle et livrée à la fureur intéressée d'une populace cupide. Les juifs n'ayant point payé leurs redevances, et le Conseil des Dix ayant quelque flotte à équiper et trouvant le trésor vide. livre le quartier des juifs au pillage, car, pour eux, la propriété d'un juif, c'est le vol. Ceux qui ne peuvent s'emparer d'or se contentent de reprendre le titre de leurs dettes. C'est à ce charmant exercice que sont occupés ces deux ou trois vauriens qui se trouvent à droite de la toile sur le premier plan, et qui sont d'une vérité si effrayante. Un moine est de la partie, sans doute quelque communauté, ayant trouvé dans un cas pressant que l'argent d'un juif sentait toujours bon, l'a chargé de cette délicate besogne et trouve fort honnête cette manière de payer sa créance. — A gauche, dans un groupe parmi lequel on distingue un des habitants de la maison, un forcené, avec un sans-gêne tout à fait légal, s'apprête à poignarder un des patients qui refuse sans doute de donner ses dernières pièces d'or. — Dans le fond du tableau, dans un cul-de-sac qui rappellerait assez la rue de la Tuerie. la scène est brûlante et animée. Cette mêlée terrible où la crainte et le désespoir éclatent, cette composition savante et bien ordonnée où règnent une souffrance pro-

fonde et une tristesse amère, est, comme toutes celles
de M. Robert Fleury, empreinte d'un puissant intérêt
dramatique. La création est vigoureuse et bien mouve-
mentée, l'ordonnance pittoresque et l'exécution du faire
bien dans le sujet. Le fanatisme religieux et ses haines,
l'astuce politique et ses moyens, la rapacité et la crainte
se peignent en traits profonds sur ces visages hâves et
livides, envieux et empreints de férocité ; ces frocs et ces
armures, ces haillons et ces richesses, ces physionomies
sombres et farouches, suppliantes et palpitantes, tout
donne à ce tableau un caractère qu'il était impossible de
mieux interpréter. C'est une page entière et complète
d'une histoire féconde en meurtres, en pillages, en combats et en assassinats : le lendemain d'un des beaux jours
de Venise la Folle.

Malgré toutes ces belles qualités, la composition et le
faire de M. Robert Fleury ne sont point exempts de défauts. Quoique la scène se passe en pleine rue l'air ne
circule point ; le soleil radieux de Venise n'éclaire point
cet acte de tyrannie et d'atrocité. Je ne sens pas le souffle
de cette brise empourprée qui se joue à travers les co-
lonnes des portiques ; la dégradation aérienne, qui sépare
les groupes et les distance, n'existe point et le spectateur étoufferait dans cette casemate ardente. Et puis le
ton cru de la draperie de la femme, les bras et les jambes
dont les muscles ne pourraient fonctionner, les fautes
énormes de dessin que l'on rencontre assez fréquem-
ment nous font désirer, malgré la sympathie que nous
avons pour l'auteur de ce beau tableau, moins de système dans le faire et plus de simplicité dans la forme.
A part ces légers défauts, nous proclamons hautement

M. Robert Fleury l'un des peintres les plus sérieux de la grande école française.

Égarés dans le labyrinthe de l'Exposition, sans qu'ils le méritent en aucune façon, nous trouvons épars et confondus dans la foule les tableaux de M. Penguilly-l'Haridon. — Je vous reconnais, monsieur Penguilly : L'Inventeur, le Binious Breton, une Védette gauloise, etc., ne peuvent être que de vous, et me rappellent par leur caractère étrange et fantasque votre Tripot exposé en 1847. Ce tableau vous fut acheté, si je ne me trompe, par le duc de Montpensier. Je vous retrouve bien avec toutes vos qualités. Pourquoi ne vous êtes-vous pas corrigé de vos quelques défauts?...

Ce *Tripot*, une des perles du salon de 1847, peut avoir pour pendant l'*Inventeur* exposé cette année par M. Penguilly.

Dans le coin ignoré d'un cloître, un sombre et mystérieux réduit sert de repaire à un moine-alchimiste; il a abandonné les discussions théologiques pour les sciences occultes, l'amour de Dieu pour l'amour de l'or. Mais son essai lui a été fatal, car il est là étendu, gisant sans vie! Une explosion vient d'avoir lieu; le laboratoire est bouleversé; le désordre qui y règne atteste la violence de l'explosion et les cornues qui gisent çà et là en morceaux en déterminent la cause. C'est la fin d'un drame où l'homme a joué le premier rôle et où la science a eu le dernier mot! Ce tableau, bien compris, mais d'un faire un peu uniforme, est une des conceptions les plus originales du Salon, malgré les tendances un peu trop prononcées du peintre pour MM. Robert Fleury et Decamps.

Dans son *Binious*, un sonneur de musette breton

exerce sur le bord de la route un jeune paysan. Là, le peintre s'est affranchi de tout joug et retrouve les qualités si belles qui éclataient dans la magnifique marine exposée en 1852. Qu'il était beau, ce tableau, et que l'océan paraissait immense!... comme la vague perlée roulait bien sur la plage!... que l'âme se trouvait à l'aise à la contemplation de cette mer sans limites et que j'eusse été heureux de rêver chaque jour devant cette sublime page!... Mais le poëte est ainsi fait, qu'au lieu de remercier Dieu de lui avoir donné la faculté de faire revivre au souffle de l'inspiration les beautés qui l'enivrent, il gémit, l'ingrat, sur le peu de fortune qui le prive de l'objet qu'il convoite, et abandonne l'idéal pour la possession de la matière.

Le tableau du Binious a toutes les qualités que celui dont les beautés avaient, comme moi, enthousiasmé M. E. Isabey. Les deux Bretons, debout au milieu d'un chemin sablonneux, sur le bord de cet océan sans bornes, s'exercent dans l'art du binious. Les vagues légères, car les quatre heures approchent et la brise du soir commence mollement à se faire sentir, se poursuivent amoureusement sur la plage déserte et viennent mourir poétiquement sur la grève. Dans le lointain, au détour de la route, on devine le village et il semble, au repos de la nature, que c'est un jour férié tant il y a de calme dans ce délicieux tableau. Vous êtes poëte, Monsieur Penquilly, et si nous ne sachions mieux que personne que l'inspiration ne se commande pas, nous vous dirions : Vouez vos pinceaux aux scènes agrestes, emparez-vous des plages désertes, car l'immensité est votre partage.

M. Aze, sur le talent duquel M. Robert Fleury a trop

d'empire et qu'il imite un peu trop servilement, a envoyé deux tableaux. Nous n'avons pu découvrir que *le fat*. C'est sec, dur et noir; on y rencontre les défauts du maître sans ses qualités. Néanmoins nous avions vu de M. Aze, il y a deux ou trois ans, un tableau qui nous avait donné beaucoup d'espérance sur son avenir; espérons qu'il prendra sa revanche en 1856.

Puis vient M. Comte, que je cite plutôt par acquit de conscience que pour la sympathie que m'inspire son talent. Je lui préfère de beaucoup M. Aze. Mais M. Comte travaille, et il mérite que l'on s'occupe de lui.

Des trois tableaux qu'il a au Salon, Henri III et le duc de Guise; encore un Guise, mais le cardinal cette fois; et un Joueur de flûte; je n'en choisirai qu'un, puisque c'est à peu près trois tableaux en un seul. Choisissons donc sur la notice Henri III rencontrant le duc de Guise la veille du jour de son assassinat. Il est bon de faire remarquer que, toujours d'après la notice, Henri III se rendant à la messe le sujet pour nous est incompréhensible. On voit bien qu'Henri III rencontre le duc de Guise, mais on peut tout aussi bien supposer, d'après l'expression banale que lui a donné M. Comte, qu'il rencontre le duc de Villaret-Joyeuse, auquel il ne veut aucun mal, au contraire. Il fallait, monsieur Comte, avant de peindre, vous rendre bien intime la pensée du fourbe royal. Vous ne vous êtes donc pas rappelé que cette race au regard fauve assassinait le sourire sur les lèvres? Vous ne savez donc pas que les Valois égorgeaient en caressant, et que toujours leur baiser était un arrêt de mort, un baiser de Judas? Il fallait vous inspirer de M. Paul Delaroche, du seul chef-d'œuvre qu'il ait jamais fait, mais complet cette fois; il fallait étudier l'expression de ce même Henri III contemplant le duc de Guise que ses mignons viennent de poignarder, et vous n'auriez pas peint la tête banale que nous critiquons. M'arrêterai-je aux parties secondaires de vos œuvres, à votre manque de dessin et de caractère, à la couleur pâle et fade et à la crème répandue avec tant de profusion sur vos monuments de carton? Non, tout cela est secondaire pour moi, et je vous dirai franchement que la seule qualité dont un artiste ne puisse se dispenser, et qui est toujours sous-entendue, c'est d'être maître du procédé avant de vouloir rendre sa pensée.

LES ACADÉMICIENS ET LEURS ASPIRANTS.

On a eu cette année pitié de l'Académie; aussi l'a-t-on traitée en favorite. A elle les plus belles places et il lui en faut, le plus beau jour; aussi a-t-elle répondu à cet accueil avec le plus louable empressement. Elle y en a même trop mis. M. Abel de Pujol, un des immortels, a décroché, risque à se casser le cou, de Saint-Étienne-du-Mont le patron de la paroisse prêchant l'Évangile, qui avait fait grand bruit au salon de 1817. Cette fois il prendra sa revanche et ne fera point parler de lui, d'autant plus qu'il est inconvenant de dire du mal d'un saint. L'église Notre-Dame n'a point voulu rester en arrière et elle nous a envoyé la Vierge au Tombeau, qui avait eu un redoublement de succès lors de son apparition au Salon en 1819. C'était de plus fort en plus fort, et rien n'a pu arrêter le talent du peintre, que le fauteuil d'académicien. Plaisanterie à part, je préfère cette position sociale à celle que Dieu m'a dévolue. Mais vous croyez que M. Abel de Pujol s'est contenté de cent mètres de toile, patientez; voilà une allégorie : La Ville de Valenciennes encourageant les arts! Que ne suis-je de Valenciennes et non de cette bonne ville du Havre qui a cependant pour devise : *Nutrisco!* Pourquoi y avoir ajouté *et extinguo.* C'est une mauvaise plaisanterie de François Ier, et j'espère que vous me la passerez puisque aujourd'hui nous devons nous amuser. Et jusqu'au Musée du Luxembourg qui a exhumé les Danaïdes de M. Abel de Pujol; tous ont voulu prouver au célèbre peintre la sympathie que leur inspire son beau talent. Nous pouvons donc le juger sur parchemins. Ce n'est pas tout que de se vanter de sa noblesse, il faut la prouver.

M. Abel de Pujol, nous en convenons sincèrement, est un des grands fantaisistes de l'école impériale. C'est un des grands praticiens de l'époque et un des plus renommés dans la spécialité. Est-ce à dire que le célèbre académicien soit sans talent?... Non, il en a beaucoup trop pour nous. A quelques exceptions près, et sauf quelques illuminés comme Prud'hon et quelques peintres de génie comme Gros, tous les tableaux de l'école de David peuvent se fondre en un seul et même type : Cadamour ou Peccota, modèles des plus exquis, métamorphosés en demi-dieux et baptisés selon le besoin du sujet. J'ai encore pour le désespoir éternel des faiseurs, et je la veux faire encadrer, la carte de l'illustre modèle ainsi conçue : *Cadamour pose toujours!* et il aurait pu ajouter, *sans ficelles.* Les malheureux, ils l'ont trop fait poser! Il ne s'agit plus de praticiens, maintenant; messieurs nos demi-dieux! ce sont des poëtes qu'il nous faut.

M. Léon Cogniet, lui, a toujours cherché un juste milieu. Il n'a point voulu être académicien à tout prix. Il a donné un peu de dessin pour garder un peu de couleur, et sans être dessinateur il n'est point coloriste. C'est encore un mauvais système. Il a voulu mener de front le procédé et la pensée et, ma foi, la pensée a toujours été rebelle au procédé. Chez M. Léon Cogniet la matière a fini par tuer l'art!

Dans le Tintoret et sa fille, dont la vogue nous étonne encore, qu'y trouvons-nous?... Un tableau peint avec excellence, étudié avec soin, mais sans aucun effet tragique malgré la prétention de la mise en scène. Une jeune femme, morte à la fleur de l'âge, est étendue sur un lit; son père, accablé par la douleur, ne veut point se séparer des restes mortels de sa fille sans en retracer les traits chéris. Quel beau sujet! s'il était traité avec tout le caractère qu'il exige. Mais non, le spectateur reste froid devant cette peinture et ses larmes ne coulent pas, le

frisson ne parcourt point ses fibres! L'affliction, la douleur et la tristesse ne s'élancent point du cœur de ce père
en proie au plus vif désespoir! Ses yeux, malgré la fixité
de son regard, ne sont point humides des larmes qu'il a
répandues sur ce beau visage; sa bouche ne lui a point
donné le dernier baiser, sa main ne tremble pas, sa poitrine ne se gonfle point... Oh! non, elle n'est pas morte,
ou ce père n'aime point sa fille, et il n'en mourra pas de
douleur!... Mais cette enfant, cette belle jeune fille qui
repose doucement sous les regards de son père, est-elle
vraiment bien morte?... ou ne sommeille-t-elle pas?...
L'âme n'a pas encore quitté cette belle enveloppe, car je
ne la sens pas animer ses traits une dernière fois?... Oh!
fille bien aimée, parle! Dis-moi... Est-ce la mort ou le
sommeil!... Vais-je revoir encore, fût-ce pour la dernière fois, tes beaux yeux qui ne s'ouvriront que pour
me dire : Je t'aime! Vais-je entendre ta bouche ver-
meille et enfantine me faire son éternel adieu!... Mon
âme va-t-elle s'envoler aussi au dernier son de ta voix!...
Non! non! tu n'es pas morte, car ton père ne souffre
point les poignantes angoisses d'une séparation éter-
nelle!

Maintenant que nous avons examiné attentivement le
Tintoret de M. L. Cogniet, pourriez-vous me dire quelles
sont les impressions que vous ressentez à sa vue?... Moi,
je n'y vois qu'un peintre qui a parfaitement posé son
modèle et qui le contemple attentivement; mais je ne
me sens point impressionné le moins du monde. Je ne
trouve qu'une tête de Niobé qui remplace la nature, et la
copie assez bien interprétée d'un portrait du Tintoret que
l'on trouve dans la grande galerie du Louvre. J'admire

des draperies posées avec une grande connaissance du
mannequin, mais je ne trouve pas ce que le livret an-
nonce : le Tintoret peignant sa fille morte. L'étiquette
n'est point à sa place. Tout ce que je viens de dire n'empêche point la ville de Bordeaux, que l'on dit très artistique quoique les achats de sa Société des Amis des Arts
démentent un peu l'épithète, d'avoir payé le tableau de
M. Léon Cogniet, en espèces métalliques d'or et d'argent, la somme de 20,000 francs! Eugène Delacroix!
pends toi! car, vivrais-tu mille ans, pareille faveur ne te
serait point réservée!

M. Léon Cogniet a de plus exposé deux magnifiques
portraits sur lesquels nous reviendrons, et une scène du
massacre des innocents que j'engage la ville — essentiellement artistique — de Bordeaux à troquer contre
son Tintoret. Tout ceci n'empêche point M. Léon Cogniet, que nous nous flattons d'avoir eu pour maître,
d'être un des grands peintres de l'époque.

Ce qui nous a toujours singulièrement surpris, c'est
de ne point voir membre de l'Académie notre compa-
triote M. Court, depuis l'année 1817 où fut exposée sa
Mort de César. Car, comme l'a encore dit un de nos com-
patriotes, mais un bon cette fois, Pierre Corneille, si :
« Le talent n'attend point le nombre des années, » il paraît que pour l'Académie : « Il faut, avant tout, qu'elles
puissent être comptées. Le tableau de la Mort de César
est cependant de la plus belle qualité — académique, et
peut lutter avec les meilleurs. Nous ne ferons que mentionner les trois portraits de M. Court; car, malgré ou à
cause de leurs défauts nous leur préférons de beaucoup
la Mort de César.

M. Thomas Couture, le faux lion du Salon, malgré une apparence d'originalité suit la même route que ces Messieurs; à la différence qu'au lieu de faire des Romains de la République, il s'inspire des débauchés de la Décadence. Je crains bien que M. Couture n'ait pris ce mot au sérieux, et qu'il ne fasse subir à l'art ce que l'abus des richesses réserva à la vieille Rome.

Nous vivons sous Vitellius; M. Couture, le luth en sautoir et d'une voix cuivrée, chante le 292ᵉ vers de la 6ᵉ satire de Juvénal :

> Nunc patimur longæ pacis mala ; sænior armis
> Luxuria incubuit, vitumque ulciscitur orbem.

Ce qui signifie, pour peu que vous n'ayez pas eu le temps de faire votre quatrième et que vous n'ayez pas 2 francs à donner pour le livret, que : « Le vice plus cruel que la guerre s'est abattu sur Rome, et que la volupté submerge l'empire et venge l'univers vaincu. » Ou encore, en deux beaux vers, d'après la traduction de M. Jules Lacroix. beaucoup plus colorés que le tableau du célèbre peintre :

> Le luxe, noir fléau, plus cruel que la guerre,
> En s'abattant sur nous, venge toute la terre !

Sur un lit en désordre, au milieu d'un portique ouvert sur le ciel, se vautrent une foule de débauchés dans une mer de pampres et de fleurs, d'or et de parfums. Une femme, qui est loin d'être aussi belle que son entourage, est couchée mollement sur des coussins de pourpre ; un patricien la soutient et présente sa coupe à une autre qui la remplit des vins ambrés de l'Asie. Celle-ci, la main abandonnée sur l'épaule d'un jeune homme étendu voluptueusement, attend le signal et savoure l'orgie. Vitellius, faisant pendant à ce groupe avec un calme que l'habitude lui donne, contemple la fête et paraît ne pas s'apercevoir qu'une bacchante au torse haletant et fumant l'étreint de ses caresses. Une foule de convives que le vin et les femmes affolent bondit rugissante de luxure et se perd dans le fond du portique. C'est une débauche sans frein mais qui cependant pâlit, malgré ses *oseries*, devant les hardiesses du satirique Romain; et, à l'exception de deux têtes qui remplacent les deux pieds d'une des gravures de Daphnis et Chloé, tout se passe le plus honnêtement du monde. M. Couture a du reste compris que tout conte a sa moralité, et deux philosophes, j'allais dire deux sergents de ville, sont placés de chaque côté du tableau pour faire observer une décence convenable.

Quelle critique pouvons-nous faire de ce tableau?... On s'est tant extasié sur les qualités qui brillent, dit-on, à profusion dans l'Orgie romaine, on a tant prôné M. Couture, que nous sommes tenté de n'en rien dire du tout. Cependant, M. Couture tient plus qu'on ne croit à l'école impériale. Elève de Gros, il en a le dessin moins le caractère. Sa couleur n'est pas de conviction mais de parti pris, et il peindra le Christ mourant de la même manière et avec le même ton qu'il nous représente Vitellius. C'est un peintre qui sait son métier, mais rien de plus. Jamais il ne fera aucun sacrifice à son procédé; il en est imbu, tocqué : nous disions de M. Decamps qu'il peint par ficelles; M. Couture peint à la mécanique. L'Orgie romaine est la perfection de ce système et peut rivaliser d'habileté pratique avec les œuvres de M. Abel de Pujol, de M. Drolling, de M. Heim, etc. C'est un tableau où il n'y a rien à dire, une peinture parfaite, un genre qui ne pouvait manquer de séduire la foule ; aussi M. Couture jouit-il d'une célébrité colossale.

S'il nous plaisait maintenant de vous dire, cher lecteur, et vous de nous croire, que tout cet apparat n'est qu'un faux étalage et que la banqueroute se cache derrière ; que M. Couture, dans son Orgie romaine, pâle réminiscence des maîtres français de la Décadence, a cherché le dessin tourmenté et prétentieux de Jouvenet, la couleur de Restout et la mise en scène des Coypel, des Boucher, etc., que répondriez-vous ?... Si nous vous répétions que la Cléopâtre d'un certain peintre ne lui a point été inutile ?... Si nous vous affirmions que ses chairs sont creuses et manquent de solidité ; que son dessin est tourmenté, trivial et exagéré ; que ses types n'ont point toute la distinction désirable ; que ses têtes sont loin d'être belles et que l'éparpillement de sa lumière ne prouve pas qu'il ait profité des leçons qu'il aurait dû puiser dans l'école qu'il affectionne, que diriez-vous de M. Couture ?... que répondriez-vous ?... Oh ! moutons de Panurge !.....

Si, ne nous occupant que de la partie pratique de l'art, puisque notre trop célèbre peintre ne voit rien au-delà, nous trouvions que sa pâte est uniforme, sa couleur monotone, ses chairs toujours du même ton et que son exécution est des plus systématiques, que répondriez-vous, encore une fois, vous tous qui le prônez sans trop savoir pourquoi ?... Que la peinture de M. Couture, si universellement accréditée, doit être parfaite .... C'est de l'arbitraire. Qu'une critique est toujours dominée par une passion exclusive .... Nous vous avons donné preuve du

contraire en admirant et M. Ingres et M. Eugène Delacroix. Que l'art est une affaire de goût.... Pour vous, c'est
possible, mais pour nous c'est le résultat d'études sérieuses. Enfin, que M. Couture a fait une œuvre remar-
quable et non une grande toile où l'intérêt du sujet et
l'habileté du faire entraînent et l'admiration du public et
l'engouement des artistes... C'est ce que l'avenir nous
apprendra. Pour moi, dans mon âme et conscience.
M. Couture est un artiste de beaucoup de talent, mais
ce n'est point un homme de génie !

Les deux portraits du célèbre peintre feront bien de ne
pas se présenter au jury en 1865, car je doute qu'ils ob-
tiennent les honneurs du Salon carré. Quant au Fauconnier, c'est une belle chose que nous revoyons toujours
avec plaisir ; mais du Fauconnier à l'Orgie romaine il y a
aussi loin que du faire à l'inspiration... Monsieur Couture, si les honneurs d'académicien vous sont insensibles et qu'ils ne viennent pas dans vos rêves troubler
votre sommeil, peignez comme le Fauconnier, et abandonnez pour toujours les Romains à leur malheureux
sort !

De M. Couture à M. Yvon il n'y a qu'un demi-tour à
faire : la Retraite de Russie fait face aux Romains de la
Décadence. Si le sujet diffère, le procédé ne change pas,
et l'école de David, avec une décoction de Gros, est toujours en faveur. Pourquoi M. Yvon, qui est un rude et
consciencieux artiste, s'acharne-t-il après les grandes machines, puisqu'on lui répète depuis longues années qu'il
n'a pas ce qu'il faut pour cela?... Est-ce une affaire de
goût ou un désir effréné de s'endormir, dans les temps à
venir, dans le soporifique fauteuil?... S'il s'agit du der-

nier, il y réussira complétement. La Retraite de Russie
est le tome deuxième de la Bataille de Koulikovo, de si
triste mémoire, et qui a vu la Bataille peut se dispenser
de voir la retraite, et ceux qui ne verront ni l'une ni
l'autre se dédommageront en allant voir au Louvre la
Bataille d'Eylau.

Le moment choisi par le peintre est celui où le maréchal Ney, à la tête d'une compagnie de braves, soutient.
à l'arrière-garde, la retraite de la Grande armée. Le
beau trait pour l'histoire! le beau sujet pour le peintre!
pourvu toutefois que ce peintre ne soit point académicien ou n'ait le désir de l'être. Vous trouverez cent
peintres assez adroits, s'ils connaissent leur métier, qui
se tireront à peu près d'affaire dans une bataille comme
celle de Koulikovo, parce qu'une mêlée se rachète par la
confusion, mais bien peu seront capables de communiquer
au spectateur l'impression tragique qu'inspire une cen-
taine d'hommes luttant héroïquement contre une mort
inévitable. La Vénus de Milo demande plus de génie que
le Laocoon! l'Odalisque de Ingres autant de fougue que le
Naufrage de Géricault! Puisque le but est le même : la
poésie de la nature différemment interprétée.

Dans la grande page de M. Yvon, malgré ou à cause
de l'effet théâtral, il n'y a ni feu, ni enthousiasme, ni
imagination, ni verve; la figure du maréchal n'électrise
point; je ne vois dans son regard rien de sublime, dans
sa pose rien de noble; je ne reconnais point là le brave
des braves! Le cœur ne bouillonne point et la stoïcité de
la bravoure, ce calme apparent et majestueux bien au-
dessus du mouvement, n'est point saisi dans cette grande
figure historique. Le maréchal Ney, dans le tableau de

M. Yvon, combat comme un soldat qui se couvre de gloire, mais non comme un héros ! C'est si vous le voulez un bivouaquement de troupes surpris par l'ennemi et se défendant courageusement, mais ce n'est point le combat héroïque qui protége la retraite de Russie !

Trois objets m'ont frappé dans ce tableau : un souvenir trop prononcé de la bataille d'Eylau, voici la deuxième fois que M. Yvon fait le même honneur à ce tableau ; un homme gros et court, sans mouvement et sans caractère, coiffé d'un chapeau qui peut lui servir de bouclier ; enfin un groupe à la Bellenger, où voitures, blessés, affûts et chariots sont bien proprement arrangés. Mais d'impression de terreur ?... point. De compassion pour cette poignée de braves ?... pas davantage. De conviction ?... aucune.

Décidément et à moins que M. Yvon n'ait des remords et ne prenne sa revanche au prochain Salon, nous commençons à désespérer de lui ; nous finirons par croire que l'auteur des beaux dessins du Dante reniera son passé pour l'avenir. Monsieur Yvon, l'Académie, comme Saturne, dévore ses enfants et souvent les lauriers fleurissent sur des tombes vivantes !

Parler de M. Yvon c'est nommer M. Louis Muller ; ils sont jumeaux et par le talent et par la *grandeur* de leurs toiles. Tous deux et sur le même rhythme ils ont chanté la grande armée, cette époque où l'empereur faisait de nous un peuple de géants ! M. Muller a-t-il mieux réussi que M. Yvon ?... Décidément j'aime mieux M. Yvon.

La scène se passe sur les boulevards Saint-Denis et Saint-Martin, ce que m'indique ces deux pilliers qui me blessent si singulièrement la vue. La France a lancé son dernier boulet !... le sol est envahi par l'étranger et l'empereur a gagné sa dernière victoire !... Aussi quelles larmes amères jaillissent des yeux de ces braves habitués à vaincre,... quel désespoir dans leur âme,... quelles angoisses dans leur noble cœur !... Le maître ! le Dieu qui les conduisait au combat, où est-il et quel est son destin !... Et comme l'a si bien dit Méry, à quelques changements près : Les antiques héros d'une moderne gloire, les sublimes débris que la guerre a tronçonnés, font un fleuve de vivants de glorieux blessés !

Si vous êtes poète et qu'il prenne fantaisie à votre imagination d'animer cette grande épopée, criez : Vive l'empereur ! Mais n'allez pas voir, crainte de désillusion, le tableau de M. Muller. Si j'étais roi, ce que je puis désirer tout à mon aise, je me défierais des artistes sans génie ; ils refroidissent diablement l'enthousiasme. S'il me tombait jamais une commande de cette taille-là, comme je chercherais à force de défauts à en faire voir les qualités ! MM. Muller et Yvon font malheureusement des tableaux *zenza errore*.

M. Gleyre, le peintre-poëte, l'auteur des Bacchantes exposées en 1852, du Soir, délicieuse églogue ; de l'Écho, charmant tableau que la Russie nous a ravi et que nous avions eu le bonheur d'admirer dans l'atelier de l'artiste, M. Gleyre, dis-je, n'a rien exposé. Vous dire pourquoi, j'en serais bien en peine ; mais ce que je sais, c'est que son absence du Salon est un véritable deuil pour les amateurs sérieux. M. Gérôme, avec son immense toile, et M. Hammon avec ses petites ne feront point oublier leur maître.

Le Siècle d'Auguste, la Naissance de N. S. Jésus-

Christ, voilà le sujet choisi par M. Gérôme. C'est de l'audace ! La société païenne fait place à la religion chrétienne. — Voilà pour l'explication. — Les trente lignes
du livret, je me garde bien de les copier; car comme
moi vous pourriez bien n'y rien comprendre, pas plus
qu'au tableau, quand vous aurez le bonheur de le contempler. M. Gérôme croit qu'on intéresse les masses en
les étonnant ! Il se trompe. Si ma critique n'avait été
farcie que d'une foule de citations plus ou moins latines,
grecques ou sanscrites, jetées à profusion et semées à tort
et à travers, vous ne l'auriez certainement pas lue, lecteur, et je vous en félicite, mais à coup sûr vous auriez
dit en fermant le livre : M. de la Rochenoire est un sa-
vant et un érudit, et quoiqu'il nous ennuie, il est éton-
nemment fort. Il en sera de même du tableau de M. Gérôme, personne n'y comprendra rien, mais pourtant
M. Gérôme sera un grand peintre ! Et moi de rire..... Si
M. Gérôme veut me faire un cadeau, je lui laisse sa gi-
gantesque toile et je ne lui demande que ses deux petites
perles qui probablement passeront inaperçues.

Revenons au Siècle d'Auguste; il ne faut point abandonner ainsi ses amis, car une critique franche et loyale
vaut mieux que l'indifférence. L'ensemble de la composition nous paraît bien triste, bien lugubre, bien sépul-
cral. On y étouffe de douleur, de terreur et de res-
pect, mais non d'admiration. Un peu de lumière, rien
qu'un rayon n'en détruirait pas le silence, et un peu de
verve, monsieur Gérôme, n'en romprait point la monotonie. C'est un beau poème mal interprété, une grande
pensée mal rendue. Il est impossible de rien distinguer
ni d'en comprendre davantage dans cette avalanche de

sociétés païennes qui grouillent pêle-mêle sur cette immense toile; c'est un désordre affreux, une confusion inouïe !

Monsieur Gérôme, ces grandes machines sont du domaine de la fresque, et si vous voulez conserver une réputation que vous a si justement acquise votre Combat de coqs, que M. T. Gauthier avait si bien apprécié, contentez-vous de l'idylle et ne cherchez point l'épopée. Savez-vous bien que les Noces de Cana, le plus grand tableau connu jusqu'à l'invention de M. H. Vernet, est infiniment plus petit que le vôtre?,.. Et que si vous continuez, vous et MM. Yvon, Muller, Couture, etc., à lutter de grandeur, pour la toile s'entend, on sera par la suite obligé d'en couvrir extérieurement les monuments publics. En grâce, pour notre gloire à tous, arrêtez-vous. Diminuez la grandeur de vos toiles ou augmentez l'ampleur de votre talent, tout le monde y gagnera.

Sans M. Gérôme, nous n'aurions jamais eu M. Hammon; M. Hammon procède de M. Gérôme comme M. Muller de M. Yvon et *vice versâ*. Comme tous les académiciens.

Dans Ma Sœur n'y est pas, le peintre s'est à bon droit baptisé d'Idyllien. Que d'innocence dans la petite fille qui se cache..., que de naïveté malicieuse dans ces deux enfants qui cherchent à la dérober au regard fin et moqueur de ce jeune garçon! Ils auront beau faire, l'amour est pénétrant et la petite colombe sera bientôt fascinée. Quel délicieux tableau!

M. Hammon, dans Ce n'est pas moi, nous satisfait moins. On aperçoit une idée que le peintre n'a pu conduire à bonne fin; le ton en est mielleux et uniforme,

l'expression triviale, et l'exécution en est aussi confuse
que la pensée. Deux enfants, ayant sans doute fait quelque espièglerie, se cachent à la vue de leur mère qui
entre; un troisième bambin, pour donner le change à la
jeune femme, paraît châtier le coupable en fouettant sa
poupée, et un polichinelle, dont les membres épars ac-
cusent le meurtre, est gisant sur les dalles. Ce sujet est
bien de ceux que M. Hammon affectionne et qu'il rend
si bien; néanmoins il ne l'a point compris. Tout cela,
peint et exécuté avec une grande monotonie de couleurs
et d'expression, manque des qualités si précieuses qui
abondent dans la Comédie humaine, et qui avaient fait
de M. Hammon un de nos premiers peintres.

Dans la Leçon et la Terrasse, M. Toulmouche s'est trop
inspiré de M. Hammon. Pourquoi ne s'est-il point rappelé son excellent tableau de Joseph et de Putiphar? Ro-
ger dans les Jardins d'Armide, que nous rencontrons au
dessus de l'école grecque de Decamps nous promet dans
M. Cambon un peintre de plus; ses groupes sont bien
distribués et la jeune femme dont on cache les yeux
est adorable d'abandon, de distinction et de noblesse.
M. Picou, sur lequel nous comptions, n'a envoyé que
l'Amour à l'encan et la Moisson aux amours; moins d'a-
mour, M. Picou, et plus d'originalité. Nous remarquons
avec grand plaisir le Saint Sébastien de M. Tabar, et
nous lui désirons un pendant. M. Tinthoin a exposé ses
Ames errantes; M. Ulmann le Dante aux Enfers; M. Timbal, le Christ montant au Calvaire, et M. Vinchon six
grandes toiles qui toutes ont déjà eu les honneurs du
Salon.

M. H. Vernet, notre grand peintre de batailles, a rem-

pli une salle de la vingtième partie des tableaux qu'il a
peints dans sa vie. Nous les connaissons tous; verve,
composition, facilité de brosse, sont les grandes qualités
de M. H. Vernet; il peint monté sur un pur sang !
M. Bellenger, la doublure de M. H. Vernet, nous fait as-
sister à la bataille de l'Alma. Beaucoup de travail pour
un bien petit résultat : des hommes, des chevaux, de la
poudre et du sang, mais d'impression ?... Point. M. Bellenger a aussi exposé d'autres tableaux. — C'est toujours
la même chose. — M. Sorieul imite M. Bellenger, et
M. Ginain M. Sorieul. — Passons. M. Barrias fait
tout ce qu'il peut pour que la critique s'occupe de lui,
et voudrait bien lui rappeler, à cette grande coquette,
qu'il a eu le prix de Rome; vains efforts, s'il n'a que ses
Pèlerins à lui exhiber. — M. Antigna, lui, arrange la
misère à sa manière; c'est un goût comme un autre; à
sa place, j'aimerais mieux la faire comme elle est. Nous
avons au salon seize tableaux de cet artiste, c'est beaucoup trop; mais il en réserve pour la ville de Bordeaux, c'est bien; car, comme le dit Rachel dans Po-
lyeucte : un seul suffisait. M. Jean Gigoux, dans sa
Moisson, n'est point le Gigoux d'autrefois. MM. Cabanel
et Benouville, quoiqu'ils aient eu le prix de Rome, n'ont
pas dit leur dernier mot. M. Cibot est toujours un peintre ascétique, et M. Boulanger ne nous fait point oublier
sa Cléopâtre.

M. Heim, membre de l'Institut, a exposé six grandes
toiles et une esquisse aussi belle qu'un Géricault : la
bataille de Rocroy. Pourquoi M. Heim n'a-t-il pas peint
que des esquisses?... Comme nous l'aimerions! Néanmoins on rencontre dans sa peinture de belles et fran-

ches qualités, et le martyre de saint Hippolyte et celui de saint Cyr, largement peints et bien composés, sont encore supérieurs à bien des grandes toiles modernes et peuvent lutter avec les plus belles.—M. Hébert, l'auteur de la Malaria, exposée en 1852, a envoyé les Filles d'Alvito; étude sérieuse et bien interprétée. Crescenca à la prison da San Germano nous a paru trop noir. M. Laemlin fait de bien grandes toiles, M. Glaize les fait trop jaunes; son Pilori est cependant une des belles choses du Salon; nous y reviendrons. M. Landelle, dans le Repos de la Vierge, manque de dessin, de couleur et d'expression; c'est joli, mais c'est tout. M. Eug. Lamy a aussi fait sa Bataille de l'Alma, et ne l'a pas mieux comprise que M. Bellenger. Ses aquarelles sont charmantes.

M. Larivière peint comme un académicien; M. Laserges comme un sage. M. Lecomte s'inspire de M. Paul Delaroche, et M. Rod-Lehmann a plus de laisser-aller que M. H. Lehmann. M. Lenepveu se rappelle qu'il a été couronné au bout du pont des Arts, et M. Lépaulle regrette de ne l'avoir point été. M. Henry Scheffer ne s'est point souvenu assez, en peignant sa vision de Charles IX, qu'il avait un grand frère, et M. De Rudder n'a point compris toute la difficulté qu'il y a à rendre le Christ couronné d'épines.

Terminons la grande série des académiciens et des faux-frères en citant M. Schnetz et ses trois tableaux; ne leur demandons pas plus qu'ils ne peuvent donner, et répétons que : s'ils n'ont pas tout le génie désirable ils le remplacent par une ardeur à toute épreuve. Ont-ils trop de ceci ou trop peu de cela?... c'est ce que la postérité saura!

Imp. Maulde et Renou.

RED.:

[19]

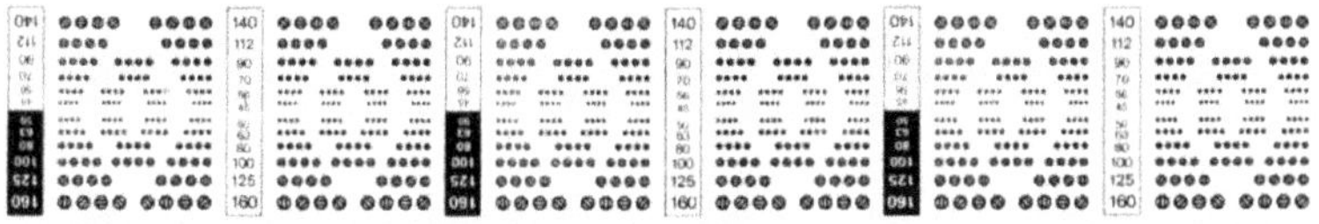

0 1 2 3 4 5 6 7 8 9 10

www.ingramcontent.com/pod-product-compliance
Ingram Content Group UK Ltd.
Pitfield, Milton Keynes, MK11 3LW, UK
UKHW022045170726
13837UKWH00002B/797